세상은 궁금하지만

이불 밖은 귀찮은 너에게

세상은 궁금하지만 이불 밖은 귀찮은 너에게

초 판 1쇄 2024년 03월 21일
초 판 2쇄 2024년 04월 29일

지은이 조유나
펴낸이 류종렬

펴낸곳 미다스북스
본부장 임종익
편집장 이다경
책임진행 김가영, 윤가희, 이예나, 안채원, 김요섭, 임인영, 임윤정

등록 2001년 3월 21일 제2001-000040호
주소 서울시 마포구 양화로 133 서교타워 711호
전화 02) 322-7802~3
팩스 02) 6007-1845
블로그 http://blog.naver.com/midasbooks
전자주소 midasbooks@hanmail.net
페이스북 https://www.facebook.com/midasbooks425
인스타그램 https://www.instagram/midasbooks

ISBN 979-11-6910-558-3 03810

값 17,500원

미다스북스는 다음세대에게 필요한 지혜와 교양을 생각합니다.

조유나 지음

세상은 궁금하지만
이불 밖은 귀찮은
너에게

미다스북스

1장 이불은 접어 두고 세상을 펼치다

2장 세상과 찬찬히 호흡하다

3장 교실과 세상을 연결하다

4장 세상 속 나만의 세계를 꾸리다

추천사

여행은 쉬러 가는 것이라고 많이들 말합니다. 그런데 왜 여행을 가면 피곤하고 힘들까요? 그 이유는 바로 익숙하지 않은 새로운 환경에서 새로운 사람들을 접하면서 우리의 뇌가 쉬지 않고 정보를 취하고 처리하고 저장하면서 많은 에너지를 소모하기 때문입니다.

이렇게 낯선 곳으로 떠나는 여행은 새로운 것을 배우러 떠나는 학습여행이라고 할 수 있습니다.

우리는 기존에 전혀 해 보지 않은 새로운 경험을 매일 합니다. 어제와 같은 일상이라고 하더라도 무언가는 다른 오늘을 매일 경험합니다. 이렇게 새롭게 경험한다는 것은 새로운 것을 배운다는 것입니다. 하지만 경험을 그저 경험으로만 남겨두면 경험이 지식으로 치환되는 기회를 잃어버리게 됩니다. 경험의 내용과 과정을 되돌아보고 의미 있는 것을 정리하고 남겨 놓을 때 비로소 기존에 어디서도 얻지 못했던 나만의 지식을 쌓게 됩니다.

교사인 저자의 낯선 세상으로의 도전과 여행은 학습이 되었고, 그 과정을 통해 배운 것들을 정리하고 남기는 과정을 통해 저자만의 훌륭한 지식을 만들어 냈습니다. 나아가 교사로서 자기가 경험한 이야기들, 자기가 만들어 낸 지식을 어린 학생들에게 들려주는 과정을 통해 저자는 배움을 가르치는 교사로서 그리고 먼저 경험하고 배운 사람으로서의 올바른 모습을 보여 주고 있습니다.

27년 전에 제가 대학생 때 독일에서 경험한 워크캠프 활동을 국내에 소개하면서 가졌던 꿈이 있었습니다. 젊은 청년들이 워크캠프를 통해서 새로운 세상을 경험하고 자기만의 지식을 쌓아서 세상의 빛과 소금이 되기를 바랐습니다. 그러한 저의 꿈이 저자와 같은 훌륭한 교사와 함께 할 수 있게 되어서 무한한 감사함을 느낍니다.

염진수, 국제워크캠프기구 설립자 (교육학 박사)

프롤로그

이불 밖은 위험해!

포근한 이불 속에 있다 보면 절로 드는 생각이다. 이불에 돌돌 몸을 말고 얼굴만 내밀고 있으면 그렇게 완벽한 순간이 없다. 스마트폰 하나만 있어도 즐거운 것들이 가득하다. 내가 유튜브를 보는 건지, 유튜브가 나를 잡는 건지. 시간 가는 줄 모른다. 친구들이 궁금해질 즈음엔 SNS를 쓱 염탐한다. 앱으로 손쉽게 배달까지 가능하다. 이불 밖으로 나가는 수고를 하지 않고도 먹고, 자고, 놀 수 있다. 이만하면 살만한 인생이다. 하지만 정말 그럴까?

Life begins at the end of your comfort zone.

인생은 당신의 안전지대 끝에서 시작된다는 말이다. 내가 편안한 지점에 머무르지 않고 그곳에서 한 걸음 나아가는 용기를 발휘할 때, 삶에서 더욱 즐거운 일들이 일어난다.

영상 속 연예인 말고, 마음이 통하는 멋진 친구를 사귈 수 있다. SNS 누군가의 바디프로필 사진 말고, 숨이 턱 끝까지 차도 즐거운 나만의 운동을 찾을 수 있다. 동네 맛집에서 오는 배달 음식 말고, 주인아저씨와 반갑게 인사하는 단골 가게를 찾을 수 있다. 진짜 세상은 이불 밖에 있다.

"얘들아, 우리 세상으로 나가 도전하고 성장해 보는 것이 어떻겠니?"

"선생님, 너무 좋은걸요! 당장 그러고 싶어요!"

이렇게 대화가 흘러가지 않을 것이다. 그보다, 선생님이 들려주는 이야기가 기억에 남는다.

"스페인에 가면, 걸쭉하게 녹인 초콜릿에 츄러스를 살짝 찍어 먹는 곳이 있는데….”

중학생 때 선생님이 들려주는 교실 밖 이야기는 나를 설레게 했다. 들으면 들을수록 더 궁금해졌다.

'그 츄러스, 꼭 먹어 보고 싶다!'

마음에 남은 세상 곳곳의 이야기는 이후 나의 글로벌 여정의 동력이 되었다.

학창 시절의 나처럼, 선생님의 이야기를 마냥 더 듣고 싶어 하는 아이들이 있다. 그래서 『세상은 궁금하지만 이불 밖은 귀찮은 너에게』 책 안에 담았다.

세상에 대한 호기심으로 이불을 박차고 떠났던 시절

여전히 그 궁금증이 해소되지 않아 보따리를 풀고 세상에 살아본 이야기

교사가 되어 교실 안에 품는 세상

좌충우돌의 여정 후 지금, 이곳에서 나만의 세계를 꾸려가는 이야기

위의 이야기와 함께, 현재 우리 아이들과 나누고 싶은 질문을 하나씩 남겼다. 선생님의 글로벌 여정을 따라가며 나만의 '글로벌' 의미도 찾아가는 시간이 되면 더욱 좋겠다.

'음, 이런 생각을 하고 있네?'

그동안 아이들의 일기장을 읽으며 겉으로 드러나지 않는 생각과 감정을 살피는 것이 즐거웠다.

'와, 선생님도 나랑 똑같으시네?'

'이 선생님 도대체 왜 이러시지?'

이번에는 반대로 우리 아이들이 나의 일기장을 즐겁게 기웃거리면 좋겠다. 지난 10년간 틈틈이 써 왔던 일기장 일부분을 가지고 왔다. 세상에 도전하고 그 속에서 성장하던 때의 생생한 느낌을 나누고 싶었다. 그동안 나에게 흔쾌히 일기를 보여 주며 웃음 짓는 시간을 주었던 아이들에게 이렇게나마 보답한다.

수업 중 선생님이 해 주는 이야기가 제일 기억에 남고, 선생님 이야기가 딴 길로 새는 것이 꿀이다. 이 책을 읽는 시간도 꿀처럼 느껴지길. 그리고 선생님의 세상보다 훨씬 더 멋진 세상을 꾸려가는 씨앗이 심어지길 바란다.

이불 밖은 안 위험해!

세상은 궁금하지만 이불 밖은 귀찮은 너에게

1장

이불은 접어 두고
세상을 펼치다

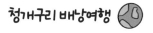
청개구리 배낭여행

"엄마랑 둘이 여행 가는 것이 어때?"
"No! 혼자 가고 싶어요!"

  대학교 3학년, 혼자 하는 첫 여행이었다. 일상이 권태로울 즈음 내가 찾는 무엇인가는 지구 저편에 있을 것 같았다. 자유로운 여행자인 나의 모습을 상상하며 들떴다. 아빠께서 걱정하며 엄마랑 가는 여행을 제안하셨지만 나는 확고했다. 익숙한 모든 것에서 떨어져 낯선 환경에서 도전해 보고 싶었다.

  여행을 준비하며 국민 여행 루트가 있다는 것을 알게 되었다. 유럽의 동, 서, 남, 북 구간을 나누고 인근 나라를 묶어 여행하는 식이었다. 그동안 사람들이 정보를 누적하며 만들어 낸 효율적인 코스였다.
  나는 이왕이면 나만의 일정을 짜 보고 싶었다. 그래서 내가 원하는 나라와 도시를 선택하고, 그것을 엮는 계획을 세웠다. 지도로 보는 유럽의 나라들이 마치 경기도, 강원도와 같이 느껴졌던 것일까? 무식하면 용감하다고. 서유럽 영국, 북유럽 덴마크, 중앙 유럽 독일, 남유럽의 포르투갈과 스페인을 연결하는 루트를 만들어 냈다. 일반적인 코스에서는 한참 벗어난 청개구리 여행의 시작이었다.

그렇게 떠나온 여행. 혼자 우아하게 식사하고, 유유히 풍경을 거니는 나를 그리며 왔건만. 나를 제일 먼저 반긴 것은 외로움이었다. 추우면 춥다고, 배고프면 배고프다고 왜 말을 못 하니. 금세 옆 사람과 이야기 나누는 평범함이 그리워졌다.

'엄마랑 왔으면 어땠을까?'
'친구들이랑 왔으면 나도 저렇게 재미있었을 텐데…'
축축한 날씨에 콧물을 훌쩍이고 있으니 외로움은 증폭되었다. 같이 여행 가자고 할 때는 혼자 간다고 하고, 혼자 오니 누군가가 그립다. 이 또한 청개구리였다.

"어! 혹시? 비행기?"

호스텔 로비에서 누군가 말을 걸어왔다. 낯선 듯 익숙한 얼굴. 누구였더라? 알고 보니 비행기 옆자리에 앉았던 분이었다. 우리는 대화의 물꼬를 트게 되었다. 나보다 한 살 많은 언니는 한국에서 내가 사는 동네 근처에 살고, 나와 비슷한 기간 동안 런던 여행을 계획 중이었다. 이 두 가지 사실만으로도 내적 친밀감이 급격히 상승했다.

"이층 버스다! 타자!"

나와 언니는 목적지 없이 버스를 타기도 하고, 신기한 간식들을 나누어 먹었다. 페이스북에 올릴 인생 사진도 열심히 찍어 주었다. 혼자 여행을 시작하며 막연한 외로움을 가지고 있던 나와, 여러 권의 책들로 빠삭하게 계획을 세워 왔으나 곁이 심심하던 언니. 마침 우리가 딱 만나 짝꿍이 되었다. 우연히 비행기 옆자리 인연으로 같이 여행하기까지. 성별이 달랐으면 결혼했을 만남이라며 농담했다.

언니와 함께하며 기운을 차린 덕분일까? 언니가 나에게 다가와 주었듯, 이후 여행에서 내가 먼저 다른 사람에게 다가

갈 용기가 생겼다. 처음 낯선 이에게 말을 건넨 그 순간이 기억난다.

"휘바 휘바!"

유일하게 내가 알고 있는 단어를 반갑게 맞아 주던 핀란드 친구들이었다. 인사동에서 사 간 전통 문양 책갈피를 드디어 선보였다. 핀란드 친구들도 무엇이라도 챙겨 주고 싶다며 '살미아키'라는 감초 사탕을 주섬주섬 꺼내 주었다. 분명 핀란드 사람들이 좋아하는 국민 간식이라는데, 사탕이 짜고 생선 맛이 났다. 정신이 번쩍 들도록 여행지 새로움에 대한 갈증이 채워졌다. 그마저 즐거운 여행의 순간이었다.

나의 청개구리 여행.
이후 여행에서 혼자 있을 때면 그 순간의 외로움과 그리움을 잘 기억해 두었다. 새로움을 찾아 먼 곳으로 왔지만, 오히려 가까이 있던 익숙함을 소중히 여기게 되는 여행이었다.
편안한 사람들과 같이 이야기 나누는 것, 좋은 시간을 함께 보내는 것. 내가 찾고자 하는 답은 늘 곁에 있었다.

세상은 궁금하지만 이불 밖은 귀찮은 너에게

Q. 혼자 여행을 떠나고 싶은 순간이 있나요?

언제인가요? 어디로 가고 싶나요?

그날의 일기

스물두 살, 눈물의 여행 출발

내가 꿈꾸던 런던으로 떠난다. 막상 이렇게 떠나게 되니 주변에 누가 있으면 좋겠다. 엄마랑 공항 게이트에서 헤어지고 나서는 눈물이 뚝뚝 떨어졌다. 누가 보면 여행에 끌려가는 줄 알겠다.

언젠가 이렇게 여행을 시작하며 눈물 흘리던 때를 회고할 때가 있겠지? 내가 겪는 성장 과정이지만 막상 혼자라는 것이 낯설다.

여행을 다니면서 자신을 마주하게 된다고 한다. 여행하며 나는 어떤 모습을 발견하게 될까?

세상은 궁금하지만 이불 밖은 귀찮은 너에게

여행자의 소파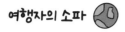

일상이 심심하게 느껴지는 오늘. 우리 집 소파에 세계를 탐험하는 여행자가 머물고 간다면 어떨까? 팝콘 없이도 금세 여행자가 들려주는 세상 이야기에 푹 빠질 것이다.

"Oh my god! This is so delicious. What is it?"

나의 특기인 깍두기 볶음밥을 선보이는 상상을 한다. 이것이 한국의 맛입니다!

실제로 이러한 상상을 가능하게 하는 플랫폼이 있다. '카우치 서핑(Couch Surfing)'이라는 웹사이트다. Couch(소파)와 Surfing(서핑)이 합쳐진 단어로, 소파에 여행자가 서핑하듯 머물고 간다는 의미이다. 현지인은 여행자를 집에서 만날 수 있고, 여행자는 현지인과 어울릴 수 있으니 누이 좋고 매부 좋은 웹사이트다.

사이트에 여행할 지역을 검색하면, 여행자에게 카우치를 제공하는 호스트 목록이 나타난다. 호스트의 소개 글을 읽어 보면 어떠한 취지로 카우치 서핑을 하는지, 어떤 사람인지 확인할 수 있다. 주의할 것은 카우치 서핑을 단순히 무료 숙박의 개념으로 보지 않는 것이다. 카우치 서핑의 취지는 여행자와 현지인의 교류에 있다. 여행 내내 함께 시간을 보내는 것이 아니더라도, 나의 여행 일정을 알려 주고 언제, 어떻게 시간을 보낼 수 있는지 조율할 수 있다.

미국 버몬트 시골을 여행할 때다. 카우치 서핑 호스트를 찾는데 할아버지 한 분의 후기가 유독 많았다. 모두 정말 잘지내고 간다는 내용이었다. 카우치 서핑 웹사이트는 엄격히 후기를 인증하고 검증한다. 최고 맛집도 별점 한두 개의 후기가 있기 마련인데 모두가 칭찬 일색인 할아버지 댁 카우치 서핑이 궁금했다. 내가 머물 수 있는지 여쭈어보았고, 마침 여자 여행자 한 분도 머문다며 흔쾌히 수락해 주셨다.

할아버지 댁 카우치 서핑은 그 많던 후기들이 수긍되는 시간이었다.

집 한 부분을 여행자에게 잠시 내어 주는 것 이상으로, 할아버지는 카우치 서핑을 통해 본인의 고향을 소개하고자 하는 열정이 대단했다. 같이 머물렀던 여행자 친구와 나는 할아버지 덕분에 호수에서 카약도 하고, 멋진 들판에서 자전거를 타기도 했다. 밤에는 마당에 불을 피우고 도란도란 이야기를 나누었다.

자연스럽게 우리는 많은 이야기를 나눌 수 있었다. 할아버지는 과거에 말을 타는 일도 하고, 건축 회사도 다녔다. 지금은 앞으로 살 집을 지으며, 스윙 댄스 강사로 좋아하는 일을 하고 있었다. 어떤 일이든 자신감과 애정을 가지고 살아가는 분이었다.

한 번은 카약을 타러 가는 중 달걀을 깜빡했다.

"카약하고 불 피워서 만드는 오믈렛은 꼭 먹어 봐야 해!"

여행자 친구와 나는 달걀이 없어도 괜찮았다. 할아버지는 가정집에 들러 달걀을 구하는 아이디어를 내셨다.

'달걀을 구하는 것은 조금 쑥스러운데….'

우리가 머뭇거리는 동안, 할아버지는 이미 어느 집에 들러 달걀 몇 알을 사 오셨다. 그의 적극성에 놀라고, 하나라도 더 챙겨 주고 싶어 하는 마음에 감동했다.

'우리처럼 잠시 머물다 가는 여행자에게 어떤 마음으로 호의를 베푸시는 걸까?'

문득 궁금해졌다. 한때 민간 외교관이 되어 한국의 이곳저곳을 소개하겠다는 꿈을 가지고 있던 나도, 할아버지처럼 시간과 에너지를 써서 여행자들을 대접하기는 어려울 것이다.

"Only good things will happen to me and it did."

할아버지는 자신에게 좋은 일만 일어날 것이고, 지금까지 그래왔다는 확고한 믿음을 지니고 있었다. 자신이 세계 어느 곳에 떨어지더라도, 사람들을 사귀고, 직장을 구하고 결국에는 잘 살아갈 것이라 했다.

본인이 세상에 긍정적인 파동을 꾸준히 보내기에, 같은 파동으로 세상이 답하리라 기대하는 것은 자연스러웠다. 이런 믿음을 가지고 세상에 선의와 호의를 베풀며 살아가는 것이 아니었을까?

책『이어령의 마지막 수업』에 떠오르는 구절이 있다.

"지금, 이 순간의 어긋남 혹은 스파크가 도미노처럼 내 이웃, 그 이웃의 이웃, 나아가 전 세계에 종으로 횡으로 은은하게 퍼져 가고 있다."

어느 곳에 있든 나의 말과 행동이 세상에 영향을 미칠 수 있다. 할아버지의 선한 에너지에 전 세계 여행자들이 모여드는 것처럼 말이다.

나는 어떤 파동을 보내며 살아갈 것인가?

지구 반대편에서의 호의로 나의 지금과 이곳을 돌아보는 시간이었다.

Q. 세상을 살아가는 나의 한 줄 좌우명은 무엇인가요?

세상은 궁금하지만 이불 밖은 귀찮은 너에게

그날의 일기

나의 첫 변기통 쇼핑

"Beautiful"

열심히 집을 짓고 계신 할아버지를 따라 집에 둘 변기통을 보러 갔다. 변기통을 보고 아름답다고 말하는 할아버지에게서 장인 정신을 보았다. 집에 들어갈 물건을 세심히 골라야 하는 집 짓기 과정은 생각보다 쉽지 않다. 어쩌면 한국식 아파트는 변기통을 선택해야 하는 어려움이 없어서 다행인지도 모른다.

그림 같은 버몬트

감동의 오믈렛

세상은 궁금하지만 이불 밖은 귀찮은 너에게

Que sera sera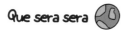

"나도 저 할머니처럼 여유롭게 살고 싶어."

오스트리아 호수 어디쯤, 백조에게 빵 조각을 나누어 주시는 할머니를 보며 말했다.

"넌 도대체 꿈이 몇 개니?"

여행하며 시시각각 꿈을 만들어 내는 나에게 엄마가 하는 말이었다.

함께하는 여행은 이런 즐거움이 있다. 혼잣말에 대꾸해 주는 사람이 생긴달까. 같이 노닥거릴 때 여행의 재미는 배가 된다. 가벼운 이야기, 무거운 이야기. 여행 중 어떤 이야기든 재미있다. 여자들의 수다는 끝이 없다는데, "나중에 마저 이야기하자!" 할 것 없이, 이국적인 풍경을 배경으로 충분히 이야기 나눌 수 있다.

어떤 이야기를 계획하지 않고 떠나도, 언제나 대화는 자연스럽게 흐른다. 신기하게도 여행지에서 했던 그때 그 이야기들은 새록새록 기억난다.

처음으로 친구들과 떠난 해외여행, 남자 친구도 없던 우리는 다음에 남편들하고 오자며 김칫국부터 시원하게 끓였다. 임용 고시를 마치고 떠난 여행에서는 초임 교사에게 선택지가 없다는 것도 모르고, 몇 학년을 맡을지 친구와 진지하게 고민했다. 시간에 쫓기지 않고 대화하고, 풍경을 누리고. 이를 반복할 수 있는 즐거움이란!

여행을 풍성하게 하는 것은 대화만이 아니다. 파리에 가면 에펠탑, 런던에 가면 시계탑처럼 여행지에서 우리만의 추억거리가 생긴다.

"어머, 안녕하세요. 혼자 오셨어요?"

세상은 궁금하지만 이불 밖은 귀찮은 너에게

친구들과 떠난 겨울 핀란드 여행. 호스텔에서 마치 우리끼리 처음 만난 듯 시시덕거리며 놀고 있었다. 이런 우리를 보고 홍콩 친구가 말을 건네 왔다. 이야기꽃을 피우다 보니 홍콩 친구는 원래 알던 사이처럼 결이 비슷하고 재미있는 친구였다. 수다가 끊이지 않았다.

홍콩 친구는 헬싱키에 사는 친구를 만나러 간다고 했다. 헤어짐이 아쉬운 우리는 함께할 수 있는지 물었다.

"Sure! Of course. Why not?"

홍콩 친구도 내심 반가운 듯했다. 그렇게 만난 홍콩 친구의 친구마저 우리와 구면인 듯 친근했다. 우리는 헬싱키 구경도 하고, 배를 타고 '수오멘린나'라는 섬에도 다녀왔다. 온 세상이 하얗다는 표현이 딱 어울리는 눈이 가득한 곳이었다. 태어나서 그렇게 많은 눈은 처음 보았다.

ccccccccccccccccc

□ 홍콩 친구 사귀기

□ 그 친구의 친구 만나기

□ 눈 아주 그냥 실컷 보기

여행을 준비하며 촘촘히 체크리스트를 적었지만, 여행 중의 일은 모두 계획 밖이었다. 헬싱키 유명 관광지에 발 도장을 찍지는 못했다. 그러나 '헬싱키' 하면 딱 떠오르는 우리만의 추억이 생겼다. 무엇이 되든 그 순간 즐거우면 된다는 마음으로 여행하니 예상치 못한 재미있는 일들의 연속이었다.

여러 명의 친구와 여행하면 예측 불허함의 스파크가 더욱 자작자작 튀는 듯하다.

친구 여덟 명과 여행을 다녀온 적이 있다. 아침에 일어나면 침대에 없어 깜짝 놀라게 하던 친구가 있었다. 알고 보니 함께 먹을 아침 간식을 사 오는 부지런한 친구였다. 어떤 친구는 미술관과 박물관을 좋아하고, 어떤 친구는 맛집 가는 것을 좋아했다. 나의 경우에는 틈틈이 여행지 주변을 기억해 두는 습관이 길을 추천하고 안내하는 역할로 이어졌다. '조

세상은 궁금하지만 이불 밖은 귀찮은 너에게

네비'라는 별명이 생겼다.

우리는 서로 다른 키워드를 가지고 함께 여행 일정을 만들어 갔다. 사공이 많으면 배가 산으로 가지 않을까 걱정했는데, 나만의 시야에서 벗어나 각양각색의 필터로 훨씬 풍성해지는 여행이었다.

Que sera sera.

케세라세라. '뭐가 되든지 될 것이다'라는 뜻의 스페인어다. 혼자 여행하는 것은 편하다. 큰 변수 없이 내가 일정을 만들어 움직일 수 있다. 그러나 때로 사람들과 함께하는 미지수의 여행을 즐기고자 택할 때, 특별한 추억이 생긴다. 이 색과 저 색이 섞여 어떤 색이 나올지 모르듯, 여러 개의 색이 합쳐지면 우리만의 오묘한 색이 나타난다. 예상 밖으로 여행이 흘러가도, 우리만의 모험이라며 즐겁게 여행한다면 말이다.

여행에서 돌아와 일상을 살아가는 지금, 여전히 'Que sera sera'의 여지를 둔다. 나와 세상 사이 케미스트리. 무엇이든 특별한 색이 될 것을 믿으며 그 기대감으로 살아간다.

Q. 함께 여행을 떠나고 싶은 친구는 누구인가요?

어떤 여행을 가고 싶나요?

세상은 궁금하지만 이불 밖은 귀찮은 너에게

그날의 일기

헬싱키에서 만난 친구의 고민

같이 저녁 식사를 하는데 헬싱키 대학교에서 공부하고 있는 홍콩 친구가 고민을 털어놓았다.

"헬싱키 사람들은 굉장히 수줍고 말을 잘 하지 않아. 그 친구들의 마음을 열게 할 수 있는 것이 없을까? 간식이라도 돌릴까?"

친구가 매우 비장하고 진지하게 말해서 웃음이 났다.

어쩌다 보니 핀란드 여행에서 홍콩 친구를 만나고, 그 친구의 친구까지 알게 되었다. 이렇게 예상치 못한 인연과 이벤트가 여행을 만드는 것 같다. 헬싱키에는 언제든 다시 올 수 있지만, 이 사람들과 이렇게 같이 돌아다니고 웃고 떠들지는 못한다. 이 순간이 소중하고 특별하다.

여행의 색깔

겨울 왕국 Into the Unknown

세상은 궁금하지만 이불 밖은 귀찮은 너에게

늑대인간 마을의 추억 🌑

늑대인간 부족이 실제로 있다면 어떨까?

뱀파이어 에드워드와 늑대인간 제이콥. 쉬는 시간 틈틈이 영화 『트와일라잇』을 돌려보며 누가 더 멋있는지 신나게 친구들과 수다 떨던 것이 기억난다.

미국 시애틀에서 차로 네 시간을 타고 가는 라푸시(La Push) 지역에는 영화의 늑대인간 모티브가 된 인디언이 살고 있다. 퀼리웃(Quileute) 부족이다. 워싱턴주는 라푸시 지역을 이들의 문화 보존 지역으로 정해 두고 있다.

미국 교환학생 여름 방학을 어떻게 보낼지 고민하던 중, 구글에서 'Global Citizens Network'라는 단체를 통해 봉사활동을 찾았다. 라푸시에서 퀼리웃 부족의 문화를 이해하고, 지역 축제 기간 봉사자로 참여하는 것이었다.

영화 『트와일라잇』처럼 라푸시는 미스테리한 안개로 자욱했다. 얼굴과 머리카락이 금세 촉촉해질 정도였다. 캠프에는 다양한 나이대의 참가자들이 함께했다. 아홉 살 아이와 부부, 여덟 살 손주와 참여한 노부부, 중학생 아들과 아빠, 중학생 아들 두 명과 엄마, 나처럼 혼자 참여한 할머니 한 분이 모였다. 우리는 마을 학교 강당에서 매트리스를 펴 놓고 지냈다.

캠프를 시작하며 엄마들은 엄마들끼리, 아빠들은 아빠들끼리, 아이들은 아이들끼리 어울릴 것을 생각했다. 어른들이 이야기할 때 아이들은 옆에서 놀고 있고, 젊은 사람들이 주축이 되어 식사 준비하는 것을 자연스럽게 그려 보았다. 연장자분들이 아침 모임에서 한 말씀 하시고, 부엌일은 쉰다고 해도 전혀 이상하지 않았을 것이다. 오히려 내가 일손을 거들며 쉬시라고 말씀드렸을 것 같다.

라푸시 캠프는 이러한 익숙한 상상을 완전히 비껴갔다.
우리는 나이와 상관없이 식사 준비든 청소든 똑같이 일을 나누었다. 아홉 살 동생도, 할머니도 차례를 기다리고 각자

세상은 궁금하지만 이불 밖은 귀찮은 너에게

의 역할을 했다. 그중 나는 다 같이 큰 원을 만들어 도란도란 이야기 나누는 시간이 좋았다.

퀼리웃의 전통 공연을 보고 들었던 생각과 느낌을 나누는 어느 아침, 아홉 살 동생이 곰곰이 생각하다 말을 꺼냈다.

"공연에서 본 방패가 무섭게 생겼는데 가지고 싶었어요."

엉뚱한 이야기가 귀여웠다. 머릿속을 스친 익숙한 생각, '픕, 아유, 애는 애다.'

그때, 누군가 동생의 말에 덧붙였다.

"순수하고 솔직한 말에서 무엇인가를 배우게 된다."

아차! 싶었다. 라푸시에서 애는 애가 아니다. 나도, 다른 사람도 '몇 살 누구'가 아닌, 그냥 '누구'로서 이야기를 나누었다. 나이가 많든 적든, 모두의 말 한마디를 있는 그대로 존중하고 경청했다. 이야기를 마칠 즈음에는, 서로의 이야기로부터 새로운 것을 배웠다며 감사하는 마음이 다시 오고 갔다.

라푸시는 이런 장면의 연속이었다. 하나라도 더 궁금한 마음으로 물어보고, 다정한 이야기로 서로의 마음을 열어 갔다. 영어를 공부하며 영화, 책 등에서 여러 문장을 접했는데, 라푸시에서 나누었던 말들은 순수하고 활기 있는 주옥같은 문장들이었다.

때로 나이 드는 것이 두려워 평생 젊게 살고 싶다고 생각했다. 그러나 라푸시에서의 경험은 앞으로 어떻게 나이 들고 싶은지 그리는 계기가 되었다. 라푸시에서 만난 사람들은 나이와 상관없이 분명 모두 빛났다. 그건 사람들과 어울리는 관계 속에서 비롯된 것이었다. 주변 사람들에게 집중할 때, 눈을 마주치고 이야기를 들을 때, 진심 어린 존중과 감사의 마음을 표현할 때, 어느 반사판이나 조명 없이도 사람은 반짝인다.

라푸시의 아름다운 풍경과 사람들을 추억한다. 라푸시에서의 장면들을 삶의 방향키로 잡으면 나이 들어가는 여정에 용기가 생긴다.

세상은 궁금하지만 이불 밖은 귀찮은 너에게

Q. 내가 동경하는 사람은 누구인가요? 그 사람의 어떤 점을 닮고 싶나요?

그날의 일기

롤모델을 만난 스물세 살

인생이 아름답다는 것이 이런 것이구나.

마지막 날 아침, 동그랗게 원을 만들고 아무 말 없이 서로의 눈을 바라보았다. 지긋이 바라보는데 한 명 한 명 깊게 연결되어 있다는 느낌에 뭉클했다. 그 후 손을 잡고 만든 원 안에 마을에 남겨 두고 싶은 것을 속삭였다. 모두가 소원을 조심스럽게 말했다. 순수한 모습이었다.

자욱한 안개, 압도하는 바다, 울창한 숲 등 라푸시의 자연은 경이로웠다. 더불어, 사람들이 참 아름다웠다. 그러한 사람들을 닮고 싶다고 생각했다. 앞으로 어떤 모습으로 살아가고 싶은지, 어떻게 나이 들어가고 싶은지 보여 준 시간이었다.

모험을 떠나는 라푸시 캠퍼들

학교 강당, 우리의 숙소

1장 이불은 접어 두고 세상을 펼치다

Mission I'm Possible 🌑

영화 『미션 임파서블』에서 톰 크루즈는 불가능해 보이는 미션을 착착 해결해 간다. 늘 다음이 기다리고 있다. 끝날 때까지 끝난 것이 아니다. 영화의 마지막까지 긴장을 늦출 수 없다.

여행도 마찬가지다. 작게는 표를 끊는 일부터 숙소를 구하는 일, 어떻게 시간을 보낼지 계획하는 일, 예상 밖의 순간에 대처하는 것까지. 익숙한 홈그라운드를 벗어나 수행해야 할 미션의 연속이다. 그래도 건물을 타고 다니고, 비행기에서 뛰어내릴 것까지는 없으니 'Mission Impossible'은 아니고 작은따옴표를 하나 더해 'Mission I'm possible'은 어떨까?

Scene 1.

"우리 휴무일도 확인하지 않고 출발했단 말이야?"

친구들과 러시아 여행 중 겨울 궁전을 보러 떠났다. 그리고 그날이 휴일임을 도착하고 나서 알았다. 돌이켜보면 기본적인 것도 확인을 안 했나 싶지만, 누구에게나 서툴던 순간이 있다. 여기서 그 문제를 어떻게 대하는지가 성장의 지점이다. 다음부터 미리 휴일을 챙기는 것으로 기억해 두고, 다른 일정을 즐기면 된다. 허탕의 경험이 허탈한 마음으로 되는 것이 아니라 그로부터 배우고 나아갈 때 경험치가 쌓인다.

Scene 2.

대만을 여행하는 중에는 심하게 배탈이 났다. 기차에서 파는 도시락도 맛있고, 버블티며 간식이며 지나치게 잘 먹은 탓이었다. 엄청난 메스꺼움과 배탈로 새벽에 잠이 깼다. 그전까지 여행 중 아팠던 적이 없어 비상약도 준비하지 못했다. 화장실에서 밤을 보내고, 여행 내내 이온 음료만 마시며 다음 여행지에서는 적당히 먹어야겠다는 다짐, 약을 잘 챙겨 와야겠다는 깨달음으로 나만의 경험치가 쌓이는 순간이었다.

Scene 3.

함께 하는 사람들로부터 배우기도 한다. 나는 대체로 여행지에서 무엇이든 혼자 해결하는 것이 마음 편했다. 그러다 한 번은 곧 기차를 타야 하는 급한 상황에서 타야 할 기차의 방향이 헷갈렸다. 주변에 사람도 없고 난감하던 순간,

"Hey, Excuse me!"

친구가 큰소리로 반대편 플랫폼에 있는 사람에게 방향을 묻는 것이었다. 덕분에 우리는 무사히 기차를 탈 수 있었다. 도움을 구하는 것은 씩씩하고 멋진 모습이라는 것, 그리고 사람들은 기꺼이 도움을 주고자 한다는 것을 훌륭한 예시로부터 보고 배웠다.

Scene 4.

모스크바 공항. 보안 검색대까지 질서가 없어 당황스러웠다. 환승 시간이 빠듯한 데 시장처럼 사람들이 몰렸다. 비행기를 놓칠 것 같아 발을 동동 굴렀다.

세상은 궁금하지만 이불 밖은 귀찮은 너에게

"몇 번 게이트를 찾나요?"

　　그때 한국인 투어 가이드분인지 공항 직원인지 알 수 없는 한국인분이 어디선가 뿅 나타나 나를 앞쪽으로 밀어주셨다.

　　겨우 절차를 마치고 게이트를 급히 찾고 있는데, 이번에는 다른 직원분이 안내를 도와주셨다. 게이트 방향으로 같이 뛰어 주시기까지 하셨다. 정신없이 바쁜 마음이 훈훈하고 감사한 마음으로 바뀌었다.

　　이런 예상치 못한 도움들을 받으면, 내가 다른 사람들을 돕고 살아야 하는 이유가 보인다. 인생의 육하원칙 중 확실히 알 수 있는 것은 없지만, 최소한 '어떻게'라는 것은 선택할 수 있다. 함께, 나누며, 적극적이고 긍정적으로 말이다.

　　영화의 회차가 거듭할수록 강해지는 톰 크루즈처럼, 여행을 통해 나라는 인생 캐릭터가 성장한다. 여행지에서 보고 느낀 것, 혹은 멍하니 생각한 무엇인가도 알게 모르게 나만의 내공이 되어 있을 것이다.

　　어떤 경험은 마냥 즐겁고, 어떤 경험은 때로 힘들다. 그 우여곡절을 통해서 배운다. 아무렴 좋다. 어느 경험이든 그것이 나의 역량이 될 것이라는 믿음이 중요하지 않을까? 여행의 희로애락 순간들을 배움의 자양분으로 삼는다면 '나'라는 인생 캐릭터가 쑥쑥 자라날 것이다.

Q. 여행에서 기억에 남는 힘들었던 에피소드는 무엇인가요?
그로부터 내가 변화한 점은 무엇인가요?

여행 끝자락의 단상

내일은 여행의 마지막 일정이다. 아쉽다. 하지만 한편으로 여행에는 끝이 없다는 생각이 든다. 일정은 끝났어도 이 여행의 기억이 나에게 무엇을, 어떻게, 언제 가져다줄지는 알 수 없기 때문이다.

어릴 적 우리 가족의 여행 목적은 유적지 탐방이었다. 역사 선생님이신 아빠의 주도하에 한국 곳곳의 역사 공간을 여행했다. 시간이 지난 오늘 돌이켜 보면 가족 여행에서 내가 배운 것은 꼭 역사 유적만이 아니다. 부모님이 여행을 계획하고, 아침에 일찍 나와 동생을 깨워 다음 여행지로 출발하고, 길을 찾아가는 추진력을 보고 배웠다.

혼자 여행하면서는 아빠가 했던 역할을 내가 하게 되었고, 그동안 엄마가 나를 챙겼듯 이제는 내가 함께하는 친구들을 챙기고 있다.

이렇게 여행은 그때 보고 느끼는 것이 전부가 아니다. 여행 후 삶의 어느 시점에, 다시금 무엇인가를 느끼는 것 또한 중요한 것이다.

미션이 시작되는 순간

영화가 되는 여행의 장면

세상은 궁금하지만 이불 밖은 귀찮은 너에게

2장

세상과
찬찬히 호흡하다

만국 공통 인기 있는 사람

어릴 적 스카우트 활동에서 텐트를 치고 1박 2일 야영을 한 적이 있다. 함께 요리하고, 담력 훈련도 하며 잊지 못할 추억을 만들었다.

이러한 야영을 2주 동안 한다면 어떨까?

학교 친구들이 아니라 한국, 덴마크, 핀란드, 이탈리아, 스페인, 대만, 슬로바키아, 우크라이나, 러시아, 세르비아, 미국 등 각국에서 친구들이 모인다면?

기가 막히게 재미있을 것 같기도 하고, 서로 다른 문화권의 사람들이 모이는 것이니 우여곡절이 많을 것 같기도 하다.

실제로 이런 봉사활동이 있다. 워크캠프는 2주에서 3주 동안 다양한 나라에서 온 친구들과 봉사하고, 여행하며 시간을 보내는 프로그램이다. 세계 여러 도시에서 환경, 건설, 교육, 축제, 예술, 보수, 농업 등의 주제로 매해 워크캠프가 열린다. 주로 학교나 마을 회관, 텐트 등에서 지내며 일과 중에는 봉사활동을 하고, 이후 시간에는 친구들과 자유 시간을 보낸다. 벌써 100년의 역사를 자랑하는 세계적 문화 교류 프로그램이다.

나의 첫 워크캠프는 덴마크 수도 코펜하겐에서 열렸다. 우리의 봉사 활동은 낡은 학교 건물을 새롭게 리모델링하는 것이었다. 페인트칠, 삽질, 사포질, 못질 등 몸을 쓰는 힘듦을 같이 하며 여러 나라 친구와 더욱 가까워질 수 있었다.

"넌 어느 나라에서 왔어?"

캠프의 초반, 그 친구의 가장 큰 특징은 '국적'이었다. 이 친구는 세르비아에서 온 친구, 저 친구는 헝가리에서 온 친구. 이렇게 친구를 기억했다.

그리고 점차 함께하는 시간이 무르익을수록, 국적은 친구의 가장 작은 특징이 되어 갔다. 직접 사람들과 만나서 시간을 보내는 것이 좋다며 SNS를 일절 하지 않는 친구, 동물을 사랑하는 마음에 비건이 되길 선택한 친구 등 친구 각각의 특징이 더 크게 다가오게 되었다.

"일 안 하고 어디 갔다 왔어?"
"카페 가서 피아노 좀 치다가 왔어."

일하는 중에 사라졌던 친구에게 행방을 물으면 여유 가득하지만 믿지 않던 답이 있었다.

'세계 어디에나 이런 친구가 꼭 한 명은 있구나.'
다양한 국적의 친구들과 모여 지내는 것이 꽤 익숙하게 느껴졌다. 영어는 서툴러도 우리는 늘 농담을 즐겁게 주고받았다. 오전에는 열심히 일하고, 자유 시간에는 코펜하겐 시내로 자전거를 타러 갔다. 밤에는 식당에 모여 카드놀이를 하며 시간을 보냈다.

캠프에서 발견한 것이 있다. 만국 공통으로 인기 있는 사람의 특징이다.

타인의 입장을 헤아리는 사람은 언제 어디서든 여유롭고 멋지다. 캠프 리더들이 캠퍼들과 시간을 많이 보내지 않아 불만이 나올 때, 이 도시에 사는 리더들의 삶을 이해한다며 미소 짓던 친구가 있었다. 현명하게 문제를 풀고자 했던 이 탈리아 친구의 사려 깊음이 아직 기억에 남는다.

성실한 사람 또한 인기 있다. 스페인에서 온 친구는 누구보다 열심히 일했다. 그래서 캠프가 끝난 뒤에도 조금 더 머물러 달라는 스카우트 제안을 받기도 했다. 긍정적이고 부지런하게 일하는 태도가 눈에 띄었을 것이다.

따뜻하게 주변을 챙기는 사람도 여운이 짙게 남는다. 캠프에서 맞이한 내 생일, 숙소 거리 풍경을 그려 준 러시아 친구의 그림을 아직 간직하고 있다. 밤이면 입이 심심한 우리에게 면과 버터, 치즈 등 간단한 재료만으로 야식을 뚝딱 만들어 주던 친구였다.

'한국 사람'이라는 수식어를 제외하면 나는 어떤 사람일까?

다양한 문화권의 친구들을 만나 여러 문화에 대해 알게 된 것도 있지만, 친구들이 지닌 인간적인 면모에서 느낀 것이 더 오래 남는다. 나의 첫 워크캠프에서 만난 친구들이 그랬 듯 기분 좋은 여운을 주는 사람이 되고 싶다.

Q. 친구들이 말하는 나는 어떤 사람인가요?

내가 바라보는 나는 어떤 사람인가요?

낯선 외국에서 도움이 될 만한 나의 성격은 무엇인가요?

그날의 일기

영어보다 중요한 건

외국인 친구를 사귀려면 영어를 유창하게 하는 것이 제일 중요할까?

워크캠프의 스페인 친구는 영어가 서툴지만 늘 즐겁게 "하하하" 말하며 긍정의 에너지를 전파한다. 대화가 어려울 때 "에이?" 하는 반응이 재미있어 다들 "에이?" 하고 따라 한다.

영어를 잘하는 것보다 중요한 것이 있었다. 게임을 잘 모르지만 일단 함께해 보는 것, 적극적으로 참여하는 것, 소통이 어려우면 몸짓과 표정으로 말하며 함께 낄낄 웃을 수 있는 것이다. 언어와 문화의 차이는 서로가 가까워지는 데 큰 어려움이 아니었다. 한국에서도, 한국 밖에서도 친구를 사귀는 것에는 마음과 태도가 가장 중요하다.

코펜하겐 워크캠프 현장

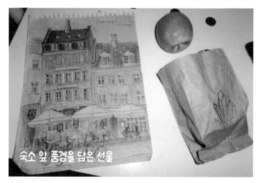
숙소 앞 풍경을 담은 선물

야식은 못 참지

밥 한번 먹자는 말보다 🌑

포르투갈 에보라. 마을의 수영장을 돌아다니며 활쏘기, 공놀이 등 아이들과 함께 노는 여름을 보냈다. 나의 두 번째 워크캠프였다.

아이스크림에 꽂힌 캠퍼들은 매일 저녁 아이스크림 가게로 향하고, 숙소 지붕 위에 올라가서 별을 보았다. 담력 훈련을 한다며 이불만 챙겨 공동묘지로 향하기도 했다. 매일 빵빵 터지도록 웃는 순간이 가득했다. 여름을 행복하게 보내고 싶은 사람들이 모였으니, 그날의 추억 또한 마냥 반짝였다.

"See you!"

또 만나자고 인사를 하고 헤어지지만, 외국에서 만나는 사람들은 어쩌면 평생 딱 한 번 볼 수 있는 인연이다. 같은 한국에 사는 친구와 밥 한 끼 먹자는 말도 지키기가 쉽지 않은

세상은 궁금하지만 이불 밖은 귀찮은 너에게

데, 하물며 멀리 떨어진 곳의 인연이니 말이다.

그렇지만 다시 만날 그날을 기약하는 마음이 간절한지, 때로는 'See you!'가 인사말에 그치지 않을 때도 있다.

그중 슬로바키아 친구의 초대로 브라티슬라바에 간 것이 기억에 남는다. 워크캠프에서 유머 코드가 잘 맞아 가깝고 친하게 지냈던 캠퍼였다. 캠프에서 작별 인사를 하고 3년 만에 다시 만났다. 우리 둘 다 놀기에 바쁜 대학생이었는데, 다시 만나서는 삶에 관한 이야기를 나누며 한 뼘 성장한 모습이었다.

친구는 직장을 다니면서도, 슬로바키아 학생들이 유럽 다른 지역에서 공부할 수 있도록 돕는 일을 하고 있었다. 워크캠프처럼 여러 문화권의 사람들이 어울리는 기회를 만들고 싶다고 했다.

"직장 다니면서 다른 일 하는 것이 힘들지는 않아?"

때로 집과 직장을 왔다 갔다 하는 것만으로도 힘에 부치는

데 친구의 열정이 대단하다고 생각했다.

"이것 한번 볼래?"

친구가 보여 준 핸드폰 화면은 초록색과 주황색의 글씨로 알록달록했다. 친구의 한 해 계획이었다. 자세히 살펴보면 일, 건강, 취미 등 몇 가지 카테고리가 있었다. 아침 일곱 시에 일어나기, 아침밥 먹기, 스페인어 공부하기, 친구들 집에 초대하기 등 꽤 구체적으로 할 일들이 있었다. 이미 성취한 것은 초록색으로, 진행 중인 것은 주황색으로 표시해 가며 자신이 원하는 방향으로 삶을 가꾸어 가고 있었다. 일 카테고리뿐 아니라 다른 영역에서도 골고루 할 일을 하며 일상을 단단하게 만들어 가는 모습이 인상적이었다.

친구에게 영감을 받고 한국으로 돌아와 나도 나만의 계획을 만들었다. 지, 덕, 체 세 가지 카테고리를 떠올렸다. '지'는 머리를 써서 무엇인가를 배우는 것, '덕'은 마음을 평화롭게 하는 것, '체'는 몸을 건강하게 하는 것이다. 그 안에 세부 목표들을 적고 점검해 가며 지, 덕, 체가 골고루 성장할 수 있도록 나아갔다.

어쩌면 인생에서 친구를 다시 만날 타이밍이었던 걸까? 먼 곳 브라티슬라바에서 친구를 만난 것도 신기한데, 삶을 돌아보며 굵직한 가지를 세우는 시간이었으니 말이다.

See you in the World!

세상 어디에서 다시 만날 것을 기약하는 이 말이 좋다. 언젠가 친구들을 다시 만날 타이밍이 찾아올 것이라는 기분 좋은 예감이 있다. 내 삶을 튼튼하게 가꾸고 있다 보면 언제, 어디서든 만남은 멋질 것이다.

Q. '워크캠프 국제기구' 웹사이트를 검색해 봅시다.
내가 참여하고 싶은 주제의 봉사 활동은 무엇인가요?

그날의 일기

친구 따라 강남 말고 브라티슬라바 간다.

일, 가족, 친구, 취미 등의 카테고리로 삶을 꾸려가는 친구의 여유가 멋지다. 나도 나에게 에너지를 집중해 보자. 나의 지, 덕, 체를 튼튼하게 해서 내 친구, 우리 반, 학교, 사회로 자연스럽게 그 에너지가 뻗어 나갈 수 있도록 하고 싶다.

세상은 궁금하지만 이불 밖은 귀찮은 너에게

포르투갈 에보라

지붕 위 낭만 캠퍼들

알록달록 슬로바키아어

땅끝 섬 여덟 개 나라 친구들

서울에서 고속버스를 타고 가장 멀리 갈 수 있는 곳은 어디일까?

그곳에 세계 각지에서 사람들이 모인다면 무슨 일일까?

대한민국 남쪽 끝 섬 완도.

한국, 일본, 대만, 홍콩, 프랑스, 러시아, 미국, 스페인의 멋쟁이들이 모였다. 완도 아이들에게 세계 여러 문화 소개를 하고, 함께 어울리는 '한국 워크캠프'가 열렸다.

한국에서 열리는 워크캠프에 나는 리더로 지원하여 참여했다. 내가 외국에서 경험한 멋진 워크캠프처럼, 리더로 맡은 한국 워크캠프에 욕심이 났다. 완도 아이들과 어떤 프로그램을 진행할지, 아이들을 위한 다문화 공연은 어떻게 구성하면 좋을지, 외국인 캠퍼들을 터미널에서 맞이하는 것부터

세상은 궁금하지만 이불 밖은 귀찮은 너에게

저녁 식사 당번을 정하는 것, 안전 사항 등을 꼼꼼하게 챙겼다. 캠프 시작 전 미리 공간을 답사하며 캠프의 하루하루를 머릿속에 그렸다.

그리고 시작된 캠프는 내가 계획했던 그대로 완벽하게 진행되었다.

라고, 순조롭게 흘러갔으면 좋으련만. 리더 역할에 대한 부담 때문인지 둘째 날 두통이 심해 내내 누워 있었다. 의욕은 앞서는데, 상황이 마음처럼 흘러가지 않았다.

'캠퍼들도 챙겨야 하고, 완도 어린이들을 만나서 어떻게 할지 의논해야 하는데….'

캠프 초반부가 잘 진행되려나 마음이 전전긍긍했다.

다행히도 나의 걱정은 기우였다. 내가 함께하지 못해도 캠프는 무탈했다. 캠퍼들도 바닷가 산책을 다녀오고 금세 친해졌는지 분위기가 좋았다.

'휴….'

마음이 놓였다. 동시에 욕심의 끈을 놓았다. 리더의 역할은 무엇인가를 완전하게 준비하는 것이 아니라, 온전히 캠퍼들을 믿고 함께 만들어 갈 하모니를 기대하는 것임을 깨달았다.

우왕좌왕하는 순간, 늘 캠퍼들이 슈퍼맨처럼 나타났다.

자유 시간이면 캠퍼들은 자기가 알고 있는 게임을 나누며
시간을 보냈다. 도미노를 가지고 'WANDO' 글자를 만들며
노는 캠퍼들을 보니 혼자서도 척척 잘하는 아이를 둔 엄마가
된 듯 안심이 되었다. 일요일에는 근처 교회에 다녀오는 캠
퍼도 있었다. 한국어라 내용을 알아듣지 못하더라도 타지에
서 씩씩하게 자신의 종교를 찾아가는 캠퍼가 기특했다. 한국
인 캠퍼 친구들은 족발, 치킨, 피자, 분식 등 각종 한국의 배
달 음식을 선보이며 간식 시간을 든든하게 해 주었다.

저녁 식사 시간은 우리의 요리 실력이 빛을 발하는 축제의
장이었다. 홍콩에서 온 친구는 무더운 여름에 어울리는 삼계
탕 국수를, 스파게티를 담당한 친구들은 푸짐한 한국식 급식
스타일로 스파게티를 요리해 냈다. 스페인 친구는 완도 슈
퍼에서 사 온 사골곰탕 국물을 베이스로 파에야를 만들어 주
고, 주말 식사 당번 친구들은 브런치 스타일로 팬케이크를
구워 주었다. 대만에서 온 친구는 전분 가루로 버블티의 버

블을 직접 빚고 끓여내기도 하였다. 일본 친구는 귀여운 일본 과자를 나누며 캠퍼들의 사기를 돋아 주었다.

완도 어린이들에게 여러 나라의 문화를 소개하는 시간 역시 캠퍼들의 정성으로 채워졌다. 우쿨렐레로 직접 민요를 가르쳐 주기도 하고, 스케치북에 나라를 소개하는 그림을 귀엽게 그려 주기도 했다. 각 나라와 관련된 이모저모로 완도가 풍성해지는 것이 눈에 보였다. 캠퍼들이 적극적으로 보탬이 되고자 하는 마음이 고마웠다.

Perfect Imperfection.

완벽한 불완전함. 이 캠프가 시작이었을까? 불완전한 것이 완벽한 것이라는 아이러니한 이 말을 몸소 경험하며 좋아하게 되었다. 완도 워크캠프는 상상했던 그 이상으로 멋진 캠프였다. 그건 내가 완벽하게 계획해서가 아니라, 캠퍼들이 역량을 발휘하며 함께 부족한 것을 채워 간 덕분이었다.

이후 완도에서 광주로 이동해 캠퍼들과 여행을 시작했다.

서울로 올라가서 영화도 보고, 한복을 입고 경복궁을 돌아다녔다. 한강에서 자전거를 타던 날, 지하철이 끊겨 친구를 택시에 태워 보낸 것으로 마지막 캠퍼를 배웅했다. 그해 여름이 비로소 끝난 듯했다.

여름 내내 완도였다. 무엇인가 더 하려고 욕심내지 않고 여백으로 남겨 둔 자리에서 즐거운 일들이 펼쳐졌다. 한국의 매운맛에 계속 당한 러시아 친구가 완도의 빨간 멍게를 보고 한 말이 아직 기억에 남는다.

"Is this spicy?"

Q. 세계 여러 나라 친구와 함께하는 생활.
내가 생각한 대로 상황이 흘러가지 않을 때 어떻게 대처할 것인가요?

그날의 일기

같이의 가치를 배운 리더

완도 군민을 위한 공연이 끝났다. 여덟 개 나라 친구들이 선보인 사물놀이, 그 후 각자 나라의 문화를 소개하는 공연까지. 공연을 마치고 모두 분수에 뛰어들고, 다 같이 슈퍼에서 먹고 싶은 과자를 잔뜩 사 왔다. 무사히 마친 것을 축하하며 파티하는 행복이 있었다.

함께 열심히 공연을 준비한 캠퍼들에게 고맙다. 혼자보다 함께 하는 가치를 알려 준 캠퍼들이다. 내가 느낀 뿌듯함을 오늘 캠퍼들도 같이 느꼈길 바란다. 남은 한주 캠퍼들에게 더욱 다가가고 싶다.

완도의 뜨거운 여름

완도와 도미노

캠퍼들과 서울 여행

세상은 궁금하지만 이불 밖은 귀찮은 너에게

364박 365일 여행 🌓

어느 날 학교에 여학생이 전학을 왔다. 그녀를 유심히 보는 운동부 주장 선수. 알고 보니 예전 파티에서 더 이야기를 나누고 싶었는데 스쳐 지나갔던 그녀이다. 그는 그녀에게 조심스럽게 다가가 말을 건네는데….

중학생 때 내가 푹 빠져있던 디즈니의 〈하이스쿨 뮤지컬〉 이야기다. 주인공의 사랑과 우정을 담은 뻔한 내용이지만, 이후 미국의 학교에서 공부하는 것은 나의 로망이 되었다. 고등학생 때는 어렵더라도 대학교에 가면 꼭 외국 생활을 해보리라 다짐했다.

그리고 입학한 대학교. 현실 속 나는 초등 교육을 전공하며 리코더와 단소를 불고, 서예 붓글씨를 연습하고, 뜀틀과 멀리뛰기, 피아노 연습으로 정신이 없었다. 외국에서 공부하는 꿈은 저편으로 희미하게 져가고 있었다. 어느새 졸업도 코앞으로 다가왔다.

'이렇게 졸업하고 선생님이 된다고?'

스스로 준비가 되었는지 묻게 되었다. 임용고시를 치르고 발령받는 것이 자연스러운 순서이지만, 나는 어떤 교사가 될 수 있을지 자신 있는 답을 찾지 못했다. 시간이 더 필요하다고 느꼈다.

그러던 차에 학교 홈페이지에 미국 교환학생 선발 공고가 떴다. 그간에 없던 프로그램이 신설된 것이다. 교환학생 프로그램은 내 고민의 답처럼 보였다. 내가 만날 학생들은 나라는 한 사람으로부터 많은 것을 배울 것이니 무엇이든 경험해 보자고 생각했다. 나를 안전하게 둘러싼 울타리를 벗어나 세상에 살아보는 용기를 내고 싶었다. 회색이 되어가던 꿈에 다시금 색이 입혀 졌다.

이후 364박 365일의 미국살이가 시작되었다.

임용고시 준비를 본격적으로 할 시기에 미국으로 훌쩍 떠나왔으니 나 혼자 트랙에서 벗어난 것은 아닌지 불안한 마음도 없지 않았다. 그러나 학교 현장에 늦게 발령을 받는 것은 교직 생활을 길게 보았을 때 작은 부분이라고 여겼다. 그보다 '다양성을 갖춘 선생님'이 되는 의미를 더 크게 보고자 했다.

나의 선택이 옳은 선택이 되도록 하자.

미국에서 생활하면서 늘 눈과 귀를 열고 몸을 움직였다. 기숙사 안에만 있으면 아무 일도 일어나지 않으니, 학교의 다양한 행사에 관심을 가지고 참여했다. 학교 내 멕시코 식당의 아르바이트에도 도전했다.

"와, 내가 본 부리토 중 가장 크네요!"

부리토를 만드는 중 토르티야 부분이 찢겨졌는데 유머 있게 실수를 넘겨준 손님이 있었다.

"네? 'Sir'이요?"

"Yes, sir"라고 말하니 언짢아하던 여자 손님도 있었다.

'Sir'는 남자에게, 여자에게는 'Ma'am' 등의 다른 존칭을 써야 했기 때문이다.

도전과 실수를 반복하며 배우고 성장하는 시간이었다. 한국과는 전혀 다른 시공간에서 여러 에피소드가 쌓여 갔다.

미국에서는 선생님이 갖추어야 할 덕목 중 문화 경쟁력 (Cultural Competency)이 강조된다. 교사가 학생들의 다양한 문화를 두루 포용하고, 아이들을 위해 각 문화를 해석하는 능력을 말한다. 각기 다른 문화를 지닌 아이들이 서로를 이해하고, 차별적 요소 없이 교실 환경을 구성해 나가는 것이 중요하기 때문이다. 나 역시 훗날 교실에서 만날 다양한 아이들을 상상해 보며 문화 경쟁력을 쌓아 가는 값진 시간이었다.

미국에서 한국으로 돌아올 즈음 스스로 다시 질문했다. 나는 어떤 교사가 될 수 있을까?

'내가 만난 세상을 아이들과 나누고, 아이들이 세상과 만나도록 돕는 교사가 되자.'

미국에서의 시간은 나만의 길을 가도 괜찮다는 것을 배우는 시간이었다. 미지의 세계에 발을 내딛는 것은 용기가 필요했지만, 그 선택에 에너지를 쏟는 과정은 나에게 귀한 자산이 되었다.

교직 경력 9년 차, 나에게 다시 묻는다. 나는 어떤 교사가 될 수 있을까?

여전히 같은 답이다. 교사로서 문화 경쟁력을 가지고, 아이들과 세상 사이 다리의 역할을 하고 싶다. 교직의 씨앗 단계에서 내었던 용기처럼, 나의 답을 옳은 답으로 만들기 위한 과정도 아직 진행 중이다.

Q 내가 살아 보고 싶은 세계의 도시는 어디인가요?

왜 그곳에서 살아 보고 싶나요?

그날의 일기

일 년 크기의 도화지

디트로이트 공항에서 환승하고 미네소타행 비행기에 올랐다. 피곤했는지 바로 잠들었다.

눈을 뜨니 미네소타였다. 비행기에서 본 풍경은 마냥 흰색이었다. 흰 풍경이 마치 도화지 같았다. 나에게 일 년이라는 크기의 도화지가 주어졌다. 이 도화지를 어떻게 채워가는지 전적으로 나에게 달려 있다.

세상은 궁금하지만 이불 밖은 귀찮은 너에게

나의 기숙사 책상

미네소타 대학교 캠퍼스

포레스트 서바이벌 🌑

구불구불 포장되지 않은 길. 낮은 지붕의 집들. 가끔 보이는 정자와 그곳에서 쉬는 사람들.

나는 시골이 좋다. 소박한 정취가 주는 여유로움은 마음을 편안하게 해 준다.

'미국 시골은 어떨까?'

문득 궁금했다. 여름 방학 시골 할머니 댁에 가는 느낌으로, 미국 시골에도 머물러 보고 싶었다. 마침 미국 동부, 북쪽으로 캐나다 퀘벡주와 국경을 접하는 버몬트주에서 워크캠프가 열렸다.

무엇이든 거대한 미국은 시골의 크기도 어마어마했다. 끝없이 펼쳐지는 옥수수밭을 따라 캠프에 도착했다. 초록 풍경을 지닌 캠프 벳시 콕스(Camp Betsey Cox)는 1920년부터 시

세상은 궁금하지만 이불 밖은 귀찮은 너에게

작한 여학생 숲 캠프였다. 엄마가 어릴 적에 오던 캠프라며 부모 세대에 이어 참여하는 아이들도 있었다. 초등학생부터 고등학생까지, 숲속 오두막에서 아이들은 먹고 자며 공예, 도자기, 카누, 하이킹 등으로 여름을 보냈다.

나는 '브룸리'라는 귀여운 이름의 오두막에서 지냈다. 나의 할 일은 아이들과 많이 이야기 나누고, 재미있게 노는 것이었다. 캠프 아이들이 다양한 나라의 사람들을 만날 수 있도록 여러 나라의 봉사자들을 초대한 덕분이었다.

'이곳에서 삼 주를 보내야 한다니….'
캠프의 시작은 불편했다. 오두막 잠자리는 나무 기둥에 천을 묶어 두고, 그 위에 침낭을 펴 놓는 것이 다였다. 막막했다. 첫날, 침낭에 누워 바라본 나무 기둥 옆에 거미가 움직이고 있었다. 침낭 속으로 얼굴을 파묻고 겨우 잠을 청했다.

쿵!
어느 날은 묶어둔 천 위 잠자리에서 떨어졌다. 아무것도 보이지 않는 깜깜한 암흑이었다. 손을 뻗어 옆을 더듬어도 잡히는 것이 없어 내가 어디에 있는지 알 수 없었다. 부스럭 소리에 깬 다른 캠퍼의 도움으로 겨우 내 자리를 찾아갈 수 있었다.

숲속에 마련된 샤워 부스에는 부채처럼 거대한 나방이 붙어 있었다. 나방을 건드릴까 노심초사하며 재빨리 샤워했다. 하루의 끝, 어두운 밤. 숲속에서 할 수 있는 것은 잠을 청하는 일뿐이었다. 이 생활을 척척 해내는 아이들이 대단해 보였다.

'어떻게 지내지?'

걱정으로 하루 이틀 보내는데, 신기하게도 아침을 깨우는 숲의 소리와 상쾌한 공기가 익숙해지는 순간이 찾아왔다. 아침 식사로 버몬트 특산물인 메이플 시럽을 듬뿍 요거트에 뿌려 먹는 것이 좋았다. 해가 떨어질 즈음이면 이름도 예쁜 블루베리 언덕에 가서 친구들과 일몰 풍경을 보는 것이 중요한 일과였다. 핸드폰 사용이 금지라 자연스럽게 사람들과 이야기를 더 많이 나누었다. 가방에 넣어 다니던 책을 드디어 읽기 시작했다. 아이들과 호수에서 수영하고, 슈퍼 문이 뜨는 날에는 침낭을 들고 들판으로 가 달 아래서 잠을 청했다. 밤

세상은 궁금하지만 이불 밖은 귀찮은 너에게

에는 머리에 랜턴을 켜고 일기를 썼다.

익숙한 문명이 없어 불편함이라 생각했던 것은 오히려 그 순간에 할 수 있는 것을 찾아 집중하도록 돕고 있었다.

캠프에 적응할 즈음, 근처에 사시는 할머니가 잼 만들기 교실을 열어 분주했다. 마을에 오래 사신 화가 한 분은 직접 재료와 도구들을 가져와 아이들에게 미술을 가르쳐 주기도 했다.

자연과 마을, 그곳의 사람들과 함께하는 캠프가 포근했다. 숲속 캠프는 계속해서 지금, 이곳의 사람들과 어울릴 수 있도록 해 주었다.

요즘은 학교 안팎으로 AI며 코딩이며 가장 최신의 것을 찾느라 바쁘다. 변화하는 시대에 필요한 역량을 갖출 수 있도록 준비하는 것이다. 한편으로 많은 것들이 빠르게 변할 때, 변하지 않는 가치는 무엇일지 생각한다.

학교에서 맨발 걷기를 꾸준히 하시는 교장 선생님을 만났다. 교장 선생님을 따라 아이들이 운동장에서 맨발로 걷곤 했다. 비 오는 날이면 촉촉한 흙을 밟느라 신난 아이들을 보며 버몬트의 숲 풍경이 떠오른다. 땅과 접지하며 자연에 가까워지는 것, 친구들과 함께 현재의 순간을 만끽하는 것. 어떤 트렌드나 기술보다 아이들에게 꼭 필요한 순간이지 않을까?

올해
CHECK LIST

□ 자연의 소리에 귀 기울이기

□ 계절의 변화 느끼기

□ 하늘 색감 변화를 알아차리기

□ 산책하며 사람들과 이야기 나누기

□ 돗자리 챙겨 공원에서 책 읽기

□ 설탕으로 코팅된 과일꼬치가
   아니라, 과일 그 자체를 정말
   맛있게 먹어 보기

우리 아이들도 이렇게 삶에서 단순하고 단단한 것에 체크하며 성장하길 바란다. 스마트폰 없이도 시간 가는 줄 모르는 즐거움은 가까운 곳에 있다.

세상은 궁금하지만 이불 밖은 귀찮은 너에게

Q. 스마트폰이나 컴퓨터 없이 세상 어디에서든

　　재미있게 시간을 보내는 나만의 팁은 무엇인가요?

그날의 일기

숲속에서 본 미래

매년 여름을 숲에서 친구들과 보내는 것. 얼마나 신날까?

숲에서 동고동락하는 이곳의 아이들이 부럽다. 한국의 아이

들도 이런 추억을 쌓아 가면 좋겠다.

자연에서 사람들과 온전히 시간을 보내는 것, 현재를 풍

요롭게 사는 방법을 터득하는 것. 버몬트에서 현재 순간들은,

내가 아이들과 함께하고 싶은 미래이기도 하다.

세상은 궁금하지만 이불 밖은 귀찮은 너에게

이름도 예쁜 블루베리 언덕

나의 브롱리 오두막

Sunday Morning

세상은 궁금하지만 이불 밖은 귀찮은 너에게

3장

교실과 세상을
연결하다

선 처방 후 진료 🌑

"선생님, 요즘 힘들어 보여요. 괜찮아요?"

이 말 한마디에 꾹 참아 왔던 마음의 수도꼭지가 열린 듯 빵하고 울음이 터져 버렸다. 세 번째 담임을 맡은 해, 조금은 지쳐 있었다. 담임으로서 학급 일도 잘하고 싶고, 학교 구성원으로서 업무도 잘 맡아 하고 싶은데 쉽지 않았다. 무엇인가 성취하고 인정받는 데서 삶의 의미를 바쁘게 찾아가고 있었다.

인간이 영어로 'Human doing'이 아닌 'Human being'이듯, 사람은 무엇인가를 함으로써가 아니라 존재 그 자체로 가치가 있는데 말이다.

그때 워크캠프가 떠올랐다. 워크캠프에서는 언제나 나의 본모습으로 사람들과 어울리고 시간을 보냈다. 나에게 주는 처방전이라는 생각으로, 핀란드 워크캠프에 지원했다. 이전에 워크캠프에 참여했을 때는 '와, 이거 꼭 하고 싶다!'라는 마음이었다면, 핀란드 캠프를 신청하면서는 지친 나에게 고요한 시간을 선물로 주고 싶었다.

먼 나라 핀란드를 택한 것도 그런 이유였다. 한국말을 사용하는 나까지 뒤로 하고 평화로운 숲속에 있으니 정말 다 내려놓은 것 같았다. 바쁘게 할 일도, 책임질 일도 없었다. 자연을 마음껏 누리고 싶다고 생각했는데 이미 울창한 숲에 있으니 그런 욕심도 비워졌다.

글쓰기를 하고, 사람들과 대화하고, 가끔 사진과 영상을 남겼다. 캠퍼들과 차를 마시고, 책을 읽고, 넓은 마당에서 '무궁화 꽃이 피었습니다'를 하며 놀았다. 사우나에서 땀을 빼고, 호수로 뛰어들기를 반복했다. 공동묘지의 벌목된 나무를 옮기는 일도 하고, 독버섯을 따는 일도 했다. 몸은 고되었지만 맑은 공기 마시며 아무 생각 없이 하는 노동이 좋았다. 숲속에 널려 있는 블루베리는 언제나 마음껏 먹을 수 있었다. 밤 열 시가 넘어도 백야로 밝아 더 많은 시간을 누리는 기분이었다.

'개학하고 학교로 돌아가면 어떻게 살아야 할까?'

도망치듯 핀란드에 왔지만, 그 시간이 계속되지 않기에 나에게 묻게 되었다. 먼저 핀란드를 처방하고, 찬찬히 진료의 시간을 갖게 된 것이다. 그러다 핀란드에서의 마지막 날, 친구가 적어 준 편지에서 힌트를 얻었다.

Yuna, You are such a sweet person, always ready to help and share. It's thanks to people like you that we can still hope in the future generation.

유나, 너는 항상 나누고 도울 준비가 되어 있는 상냥한 사람이야. 너 같은 사람들 덕분에 미래 세대에 희망을 품을 수 있어.

모든 것을 내려 두었다고 생각한 캠프에서, 나는 계속 도움이 될 만한 것을 찾고 있었다. 함께하는 캠퍼들은 무엇이 필요할지 고민하고, 내가 할 수 있는 것을 했다. 워크캠프에서 돌아본 나는, 스스로는 독립적이길 바라고 다른 사람들에게는 힘이 되길 원하는 사람이었다.

어떻게 살아야 할 것인가.

어쩌면 나는 이미 내가 바라는 모습으로 삶을 꾸려 오고 있었다. 교실 일과 학교 일을 잘하고 싶고, 나아가 도움이 되고 싶었다. 다만 교사로서 경력이 많지 않고 서툴다 보니 성장통이 있는 것이었다. 내가 지향하는 지점을 보느라 나의 몸과 마음이 지쳐가는 것에 소홀했다. 나를 돌보는 시간이 주기적으로 필요하다고 생각했다.

이후 어디론가 도망가듯 멀리 가지 않더라도 나의 마음에 귀 기울여 보는 시간을 부지런히 찾았다. 운동하고 책을 읽으며 잠시 내려 두는 것이 점차 가능해졌다. 학교에서 힘이 들 때면 산책으로 비워 내는 시간을 가졌다. 머릿속 말풍선에 '학교'가 가득하기 전에 좋은 책으로 나에게 새로운 공간을 터 주었다. 나의 상태는 어떤지 질문을 던지고 답을 기다렸다. 진료와 처방이 훨씬 수월해졌다. 괜찮다 싶을 때 다시 내가 나아갈 지점으로 발걸음을 떼었다.

핀란드에서 만난 친구들의 편지를 가끔 읽는다. 씩씩하게 즐거운 에너지로 학생들과 주변 사람, 나아가서는 내가 속한 사회에 도움이 되고 싶다는 마음에 용기를 얻는다. 다만, 욕심부리지 않고 조금씩 나아가는 중이다. 나의 마지막 워크캠프에 다녀와서 터득한 선물이다.

Q. 세상 어디서나 늘 함께하는 것은 바로 나 자신입니다.
나를 스스로 돌보는 방법은 무엇인가요?

그날의 일기

회복의 산책

핀란드에 머무는 동안 앞으로 내가 살아갈 방향과 나의 모습에 자신감을 얻었다. 캠프 끝 무렵 아침에 일어나 숲속 산책을 다녀왔다. 마음 한편에서 힘이 나며 '나 잘해 왔다. 한국 가면 진짜 잘할 수 있겠다.'라는 생각으로 가득 찼다.

세상은 궁금하지만 이불 밖은 귀찮은 너에게

블루베리는 언제나 마음껏

숨은 친구 찾기

팔색조 출근길 🌑

"하하, 너 꼭 손녀를 기다리는 할아버지 같아!"

친구들과 여행을 갔다. 제일 먼저 준비를 마치고 소파에서 가만히 기다리니 부지런한 할아버지 같다는 것이다. 그러고 보면 여행지에서는 늘 일찍 눈이 떠진다. 어떤 하루를 보낼지 긴장감과 기대감이 뒤섞이기 때문이다.

여행처럼 일찍 하루를 시작한다면 일상도 여행의 느낌이 날까? 책 『원씽』에서는 이렇게 말한다.

"온종일 완벽한 하루를 보내는 데 초점을 맞출 것이 아니라 매일 아침 활기찬 시작을 하는 데 전념하라. 그렇다면 하루의 나머지 시간도 긍정적 추진력으로 따라올 것이다."

세상은 궁금하지만 이불 밖은 귀찮은 너에게

여행도 일상도 똑같이 24시간이다. 두 개의 결이 다르지만, 최소한 일찍 시작하는 것은 같게 할 수 있을 것이다.

"선생님은 아침마다 산 넘고 강 건너 출근하는데. 집이 바로 옆이면서 지각이라니?"

아침에 자주 늦는 학생을 놀리며 하는 말이었다. 학교에 근무하며 나의 출근길은 지하철을 타고 실제로 남태령 고개를 지나 한강을 건너야 했다. 집에서 직장까지 한 시간이 넘게 걸리는 길이었다.

처음에는 긴 출근길에 꾸벅꾸벅 졸다가 내리니 어딘가 개운하지 않았다. 그러다 지하철 한두 정거장을 먼저 내려 걸어보았다. 10분, 15분 걸으며 출근하는 재미가 있었다.

출근길 걷기가 익숙해지며 반경을 조금씩 넓혀 갔다. 20분, 30분 걷기에 도전했다. 운동도 되고 개운했다. 아침 하늘의 색감도 만끽할 수 있었다. 어느 날은 은은한 주황빛 하늘이, 어느 날은 분홍빛 하늘이 마음을 평화롭게 해 주었다. 나에게 새로운 하루가 시작되었음을, 온전히 만끽할 수 있는 하루가 주어졌음을 알리는 선물처럼 느껴졌다.

출근길 걷기는 어느새 자전거 타기가 되었다. 몇 번의 출근과 퇴근길에 서울시 공유 자전거 따릉이를 타고 다니며 최적의 코스를 찾았다. 지하철역 중간에 내려 학교까지 30분 정도의 자전거 코스가 완성되었다.

내가 특별히 좋아하는 구간이 있다. 높은 나무들이 우거진 삼각지 화랑 거리. 해바라기 그림들을 지날 때 금세 기분이 좋아진다. 만화 짱구의 평화로운 동네 같은 숙대입구역 뒷골목. 골목길 예쁜 건물의 통유리는 나만의 포토존이다. 카페의 창가 자리 꽃이 바뀌는 것을 알아차리는 재미도 있다. 자전거 코스는 남대문을 지나 시청역 앞 광장, 청계천, 보신각, 인사동으로 이어진다. 평화로운 아침 풍경은 나를 잠시 멈추어 일상의 여행자가 되게 한다.

'오늘 날씨가 이렇게 좋네!'
실내에서 일하다 보면 날씨가 어떤지 감이 오지 않을 때가 많다. 아침에 부지런히 나서면 계절이 주는 변주를 온몸으로

세상은 궁금하지만 이불 밖은 귀찮은 너에게

느낄 수 있다. 봄에는 자전거 코스를 우회해서 남산 길로 올라간다. 늘 사람들로 북적이는 남산길이지만 이른 아침에는 여유롭게 전세 낸 기분으로 벚꽃을 즐긴다. 남대문 꽃시장에서 좋아하는 꽃을 사서 바구니에 싣고 출근하는 재미도 있다.

어느 날은 걷고, 어느 날은 자전거에 오른다. 매일 다른 매력의 팔색조 출근길이다.

일찍 출근한 어느 날. 더욱 일찍 출근하신 선생님께서 커피를 한 잔 내려 주셨다. 아침에 읽기와 쓰기를 한다는 나의 말을 기억해 주시고, 얼른 나만의 시간을 보내라고 배려해 주셨다. 아침 풍경도, 뜻밖의 커피도, 선생님의 격려도 모두 감사하게 느껴지는 아침이었다.

하루의 시작, 이러한 기대 이상의 순간들이 있다는 것이 요새 말하는 미라클 모닝인가 보다. 더 자주 새벽과 아침이 주는 선물을 누리며 살아가고 싶다.

부지런히 시작하는 하루, 그리고 그 하루가 쌓여 가는 삶은 다채로운 아침 풍경과 같을 것이다.

Q. 부지런히 시작하는 '여행'의 아침, 오전 시간을 어떻게 보내고 싶나요?

똑같이 24시간인 '일상'의 아침, 오전 시간을 어떻게 보내고 싶나요?

세상은 궁금하지만 이불 밖은 귀찮은 너에게

그날의 일기

출근길 여행 한 스푼

새벽 시간이 참 좋다. 밤처럼 어둡지만, 하루의 시작 단계에 있어서 설렌다. 고요하고 차분한 느낌에 두근거린다. 세상이 분주해지기 전 나 혼자 후다닥 움직이는 것 같은 느낌이다.

부릉부릉.

출근길 걷기와 자전거 타기는 하루의 시동을 거는 시간이다. 시작하는 시간에 발걸음이 힘차게 움직이고 있음이 좋다. 향할 수 있는 나의 자리가 있어 감사하다.

세상은 궁금하지만 이불 밖은 귀찮은 너에게

아이스크림 무덤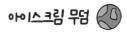

'아이스크림 공장에 묘지라니?'

미국 벤 앤 제리(Ben & Jerry) 아이스크림 공장에는 공동 묘지가 있다. 묘비를 자세히 들여다보면 금세 웃음이 나온다.

-자두설탕맛-

우리 머릿속을 맴돌고

꿈속에서 춤추었지만

최고의 아이스크림은

되지 못했습니다.

-1989~1990-

판매 부진으로 단종된 맛을 추모하는 공간이다. 아이스크림 맛별로 추모 시도 모두 다르다. 벤 앤 제리 아이스크림의 인기 뒤에는 이렇게 실패마저 유머로 포용하는 모습이 있다.

실패한 것들을 이렇게 귀엽게 모아 두는 것이라면 나도 자신 있다. 최근에는 '클라이밍' 무덤이 생겼다.

—클라이밍—
바로 이거다!
시작했습니다.
이건 아니다!
바로 접습니다.
—어느날 5시~6시—

친구가 클라이밍을 열심히 하는데, 그녀가 풍기는 단단한 아우라가 얼마나 멋지던지. 친구를 따라 도전했다. 그리고 클라이밍은 나에게 버겁다는 결론을 빠르게 내렸다.

고수는 어려운 것도 쉽게 처리하고, 하수는 쉬운 것도 어렵게 처리한다고 했던가. 친구는 가볍게 옆으로 잘만 가는 것을 나는 한 동작 한 동작이 힘들었다. 내 몸의 무게부터 줄이고 재도전하겠다며 궁색하게 다짐했다.

운동뿐 아니라 음식, 영화, 책 등 어쩌면 묘지 부지는 꽤 넓

세상은 궁금하지만 이불 밖은 귀찮은 너에게

어야 할지 모른다. 그래도 도전 묘지가 깨끗한 것보다 낫다.

책『고수의 학습법』에서는 이렇게 말한다.

"나의 가장 큰 실패는 별다른 실패를 하지 않은 것이다. 행동하고, 실패하고, 개선해 가면서만 배울 수 있다. 바로 그때 지혜를 얻게 된다."

다양한 도전을 바탕으로 내가 무엇을 좋아하는지, 무엇을 잘하는지 혹은 무엇을 배우면 좋을지 방향을 찾을 수 있다.

"셋, 둘, 하나. 도전!"

거창하게 외치고 시작하지 않아도 좋다. 딸기 맛을 좋아하지만 한 번쯤 망고 맛을 선택해 보는 것도 귀여운 도전이다. 망고 맛이 실패하더라도 '왠지 맛없을 것 같아'라는 불확실성에서 벗어난다. 어느 쪽이든 의미 있다. 익숙한 것에서 벗어나 미지의 것에 용기를 내는 것이 우리에게 더 많은 가능성을 보여 줄 것이다.

"우리 참 많은 것에 도전했다. 기특하다!"

나는 아이들과 많은 것에 도전하고 싶다. 성공의 여부를 떠나 아이스크림 무덤처럼 토닥여 주고 싶다. 『밀알샘 자기 경영노트』 책에서 아이디어를 얻어 아이들과 '작은 성공 노트'를 작성한다. 작은 것이라도 하루 동안 내가 성공한 것을 적고 친구들과 나눈다.

'우유 까먹지 않고 잘 마심'
키 크기가 목표인 친구의 하루 성공이다.
'오늘도 험한 세상에서 잘 살아남음'
유머가 있는 친구는 이렇게 재미있게 성공을 나눈다. 이렇게 하며 우리는 매일 무엇인가 도전하고 있음을, 스스로 성공을 쌓아 갈 수 있는 사람임을 암시한다. 도전을 위한 힘을 기르는 것, 그것은 매일의 작은 도전에서 출발한다.

소소한 도전으로 성취의 설렘이 있는 하루를 보내자. 실패도 귀엽게 여기고 익숙해질 즈음, 더 큰 세상의 도전도 즐겁게 받아들일 수 있는 용기와 내공을 갖게 될 것이다.

세상은 궁금하지만 이불 밖은 귀찮은 너에게

Q 내가 최근에 실패한 것과 성공한 것은 무엇인가요?

그날의 일기

도전이 쌓아 올린 아찔한 성공

한 해의 시작, 일출을 보고 싶었다. 새벽 일찍 출발했다. 깜깜한 어둠이 주는 무서움, 소문 속 멧돼지에 대한 두려움, 백운대 높이와 추위가 주는 아찔함을 패키지로 겪으며 정상에 도착했다. 맨몸으로 비행기 타는 듯 숨이 멎는 풍경이었다. 여명을 감상하고 일출을 보며 하산했다.

아침이 밝아 무서움은 싹 가셨다. 또 가고 싶은 마음이었다. 꾸준히 여러 산에 도전해 온 덕분에 일출 산행을 성공적으로 마칠 수 있었다.

세상은 궁금하지만 이불 밖은 귀찮은 너에게

백운대 여명의 풍경

글로벌 출판 프로젝트 🌑

'마법 세계 사람들은 어떻게 살까?'

어릴 적 해리포터 호그와트 마법학교의 입학통지서를 오매불망 기다렸다. 학교 학예회에서는 해리포터로 대본을 만들어 친구들과 연극을 꾸미기도 했다. 내심 헤르미온느를 맡고 싶었지만, 맥고나걸 교수 역할도 신이 나서 연습했다. 해리포터 목도리를 행복하게 두르고 다닌 시절이었다.

마법 세계가 궁금한 마음은 다른 세계에 문을 두드리는 용기가 되었다. 외국의 친구들에게 편지를 보내는 펜팔을 시작한 것이다. 'Penpals Now'라는 사이트의 도움으로 국적, 나이 등을 검색하고 외국의 친구들에게 부지런히 이메일을 보냈다. 친구에게 답장을 받는 것은 나에게 해리포터만큼 설렘이 가득한 일이었다.

이후 몇 친구들과는 달팽이처럼 느리다는 뜻의 Snail mail, 우편 편지를 교환했다. 먼 외국으로 편지를 보낼 수 있을지, 친구로부터 답장을 받을 수 있을지 반신반의하는 마음이었다. 담임 선생님께 영문으로 집 주소 표기하는 것을 배우고, 귀여운 한국 그림책 등을 소포에 넣어 보냈다. 친구가 좋아해 주길 바라는 마음을 가득 담았다. 친구의 편지를 처음 우편함에서 발견했을 때는 뛸 듯이 기뻤다. 아직도 스웨덴 친구가 오려 보내준 사진, 독일 친구가 보내준 악보는 나의 유년 시절 보물이다.

'이렇게 재미있는 펜팔을 다른 사람들도 알아야 해!'
인터넷에 나는 '해외 펜팔 하우스'라는 카페를 만들고, 나만의 펜팔 팁을 나누었다. 어린 시절의 나는 영어도, 카페 운영도 서툴렀다. 그렇지만 잘하려는 마음보다 좋아하는 마음으로 열심히 했다. 무엇인가에 푹 빠질 수 있는 행복을 느꼈다.
이후 성인이 되어서는 여행을 하고 워크캠프에 참여하며 발로 뛰는 펜팔을 했다. 해리포터 세계를 탐험하니 나만의 세계가 확장되는 마법을 경험하게 되었다.

만화, 피아노, 그림 등 내가 만나는 아이들이 각자의 세계에 애정을 쏟는 모습을 보면 흐뭇하다. 그것이 점차 넓은 세상과 연결될 가능성을 기대하기 때문이다.

나만의 관심사에서 출발해서 세상으로 나아가는 여정을 아이들과 함께하는 것은 어떨까?

고민 끝에 '글로벌 출판 프로젝트'를 시작했다. 자신이 원하는 주제로 영어책을 만들고, 그것을 세상 사람들과 나누자는 취지였다.

매주 목요일 영어 시간을 프로젝트 날로 정했다. 주제 선정, 내용 작성, 영작, 타이핑, 레이아웃 구성이라는 흐름 아래 각자 진도를 달리하며 작업했다. 숫자 '10'이 들어가면 어떤 주제도 오케이. 주제를 자유롭게 정하니 학생들이 평소 관심 있는 것들이 한눈에 들어왔다.

〈우리 동네 맛집 10곳: Ten Best Restaurants in My Town〉
〈세계 군사력 순위 10위: World Military Power Ranking, 1st to 10th〉

〈10년 후 나의 대학 생활: Ten Years Later, My College Life〉

제목들부터 흥미로웠다.

〈마니풉의 10가지 비밀: Manipoop's Ten Secrets〉처럼 새롭게 캐릭터를 만들어 창의성을 발휘하는 친구도 있었다. Many(많은)와 Poop(똥)이 합쳐져 탄생한 '마니풉'이었다. 학생들은 내 책을 한국인뿐 아니라 외국인도 읽을 수 있고, 어쩌면 크게 성공할 수 있다는 상상에 들떠 참여했다.

"선생님, 오늘 책 만들기 날 맞죠?"

영어 시간에 관심이 없던 친구들도 책 만들기 날에는 눈을 반짝였다. 책의 주제와 내용이 모두 달라 서로 경쟁하거나 비교할 것 없이 자신의 몫에 집중했다. 먼저 한글로 내용을 쭉 작성하는 친구, 한글 작성과 영작을 같이 하는 친구, 영어로만 작성하는 친구, 번역기와 선생님의 도움을 구하는 친구 등 방법은 달라도 모두 적극적이었다.

책이 완성되고 택배로 받는 날. 서로의 책을 나누며 각자 어떤 세계로 파고들었는지, 친구의 관심사는 무엇인지 유심히 살폈다. 나의 책을 누군가 흥미 있게 읽는 것이 두근거리는 순간이었다.

"언제든 세상에 소개할 수 있겠죠?"

직접 만든 책으로 더 넓은 세상과 소통을 꿈꾸는 모습이었다.

자기가 좋아하는 것에 파고들면, 때로 세상과 연결되는 통로가 보인다. 우리가 푹 빠져 있는 것이 세상과 어떻게 만날 수 있을까? 각자의 세계에서 출발하여 세상과 이어지는 특별한 여정의 이야기를 들어 보고 싶다.

Q. 세상 사람들이 읽을 나만의 책을 출판한다면,
   책의 제목은 무엇인가요? 어떤 내용의 책인가요?

그날의 일기

나의 열네 살, 내가 만든 카페의 귀여운 대문 문구

영국 친구, 스웨덴 친구, 가나 친구, 독일 친구! 전 세계 친구를 사귀고 싶으시죠? 그렇다면 펜팔을 시작해 보세요. 이메일을 주고받으며 외국 친구를 사귈 수 있고요 나아가서는 친구와 직접 편지를 주고받을 수 있습니다. 어떻게 친구를 찾을지 걱정하지 마시고요 영어 실력이 부족해서 어려움이 있지는 않을까 고민하지 마세요. 해외 펜팔 하우스가 세계 여러 나라 친구를 사귈 수 있도록 도와드립니다.

참! 펜팔을 할 때 우리가 한국의 얼굴이 된다는 사실을 잊지 마세요. 민간 외교관으로서 좋은 이미지를 주어야겠죠?

글로벌 출판 프로젝트 전시회

세상은 궁금하지만 이불 밖은 귀찮은 너에게

세상을 초대하는 국제 교류 수업

초등학교 고학년 때, 교육청에서 운영하는 온라인 영어 교실이 있었다. 신호가 잘 잡히지 않아 끊기기도 하고, 영어가 서툴러 어떻게 참여해야 하는지 어리둥절했다. 그렇지만 화면으로 누군가를 만나 소통하는 것이 신기하고 재미있었다.

화상 회의를 통해 교실에서 외국 친구들과 만나는 것.

내가 교사로서 꿈꾼 것이다. 학생들이 외국인 친구들과 만나는 경험을 하면 좋겠다고 생각했고, 오프라인은 어려우니 온라인을 떠올렸다. 그러나 한국과 해외 교실을 연결하는 것은 쉬운 일이 아니었다. 어떤 경로로 만날 것이며, 시차를 고려한다면 수업 시간을 언제로 정할지 등 고려할 것이 많았다. 무엇보다 나와 같은 마음의 해외 학급을 구하는 것이 어려운 일이었다. 구글에서 열심히 검색했지만 큰 성과는 없었다.

그러던 차, 신기하게도 나의 바람과 서울시교육청에서 추진하는 국제 공동수업이 결을 같이 하게 되었다. 코로나를 기점으로 원격 수업이 가능해지며 서울시교육청이 적극적으로 해외 학교와 원격 교류 수업을 추진한 것이다.

국제 공동수업으로 2021년에는 호주의 학교, 2022년에는 뉴질랜드의 학교 학생들과 줌으로 만날 수 있었다. 학생 개개인이 학교 태블릿을 활용하여 줌으로 접속하고, 소회의실을 나누어 운동, 취미, 여행 등의 주제로 이야기를 나누었다. 대화가 서툴더라도 외국의 친구와 온라인에서 만나는 재미와 기대가 있었다.

"선생님 교실에 손님이 방문해도 될까요?"

이러한 국제 공동수업이 예상치 못한 일로 연결되기도 했다. 2022년, 한국과 뉴질랜드 수교 60주년 기념으로 방한하신 뉴질랜드 교육부 장관이 우리 교실에도 방문한 것이다. 마침 우리 반이 뉴질랜드와 국제 공동수업을 진행 중이었기에 추진되었다.

세상은 궁금하지만 이불 밖은 귀찮은 너에게

'우와 장관님이라니! 우리 반 아이들에게 특별한 경험이겠다!'

교육청에서 연락받고서는 신나는 마음이었다. 준비 과정에서 의전 행사라는 것이 생각보다 큰일이라는 것을 알게 되었지만, 처음 설레는 그 마음으로 좋은 시간을 만들 수 있도록 최선을 다해 준비했다. 남대문 시장에 가서 단아하고 아름다운 수가 놓인 전통 파우치를 사 왔고, 그 안에 약과와 한과 등의 간식을 넣어 반 아이들과 같이 포장했다. 아이들이 직접 꾸민 간식에 대한 설명을 파우치에 같이 넣어 두었다.

수업 당일은 뉴질랜드 교육부 장관님께 궁금한 점을 물어보고, 장관님이 몇 가지 질문을 골라 답변하는 시간으로 구성했다. 장관님을 참관자로 모시기보다 수업의 참여자로 모신다면 더욱 의미 있고 기억에 남는 시간이 되리라고 생각했다. 평소 활발한 우리 반 아이들도 멀리서 손님이 오시니 잔뜩 긴장하며 질문했다.

"뉴질랜드에 가면 꼭 가야 할 곳이 있나요?"
"한국에 대해 뉴질랜드 사람들이 알고 있는 것은 무엇인가요?"

반대로 예상치 못한 장관님의 질문도 있었다.

"뉴질랜드와 국제 교류 수업을 하며 기억에 남는 것은 무엇인가요?"

아이들이 장관님께 질문하는 것도, 장관님의 질문에 아이들이 답하는 것도 모두 화기애애하게 진행되었다. 속으로 아이들에게 무한 박수갈채를 보낸 뿌듯한 시간이었다.

마련한 선물을 교실에 오신 모든 손님께 전하며 마쳤다. 뉴질랜드에서 오신 손님뿐 아니라 교육청 관계자분들, 통역을 도와주신 분들도 모두 챙길 수 있었다. 교실로 찾아온 먼 나라의 손님을 환대하고 환송하는 기쁜 경험이었다.

이 일을 준비하며 주말과 평일 하루들을 꽉 채워 보냈다. 몸은 지쳤지만, 마음은 거뜬했던 경험이었다. 두근거리는 일에 에너지를 쏟는 과정에서, 달리기를 지속하면 힘든 순간이후 느낄 수 있다는 '러너스 하이'와 비슷한 것을 느꼈다. 교실과 세상을 연결하고 싶다던 나의 오랜 바람은 이렇게 특별한 경험을 선물해 주었다.

"I can show you the world. Shining, shimmering, splendid."

알라딘 〈A Whole New World〉 노래의 첫 소절이다. 교실에서 아이들과 세상이 만나는 이 순간이 또 어떤 것으로 연결될까. 상상 그 이상의 것을 기대하며 나의 일을 정성껏 해나갈 것이다.

Q 온라인으로 외국 교실과 만난다면, 어느 나라 친구들을 만나고 싶나요? 그 친구들에게 궁금한 점은 무엇인가요?

손님맞이는 체력 싸움

큰 시험을 무사히 마친 것처럼 개운하고 뿌듯하다. 나의 n시간을 준비해서 맞이한 20분이었다. 오랜만에 느껴 보는 피로다. 등산한 뒤에도 이렇게 피곤하진 않았던 것 같다. 이 일 하려고 그동안 열심히 운동했나? 언제 요긴하게 쓰일지 모르는 체력. 운동을 평소에 더 잘해 두어야겠다.

수업 준비만 열 번은 넘게 했다. 떨리는 순간에 중얼중얼 나의 말이 기계처럼 나오길 바랐다. 이렇게 공을 들이고 애를 쓴 과정 자체가 좋다. 무사히 수업을 마치고 나와 아이들 모두에게 기억에 남는 경험으로 남아 더욱 감사하다.

교실 수공업 현장

두근거리는 만남의 시간

꼭 비행기를 타지 않더라도 🌑

글로벌(Global)

의미를 정확히 알 수 없는 이 추상적인 단어는 학창 시절 나에게 큰 매력으로 다가왔다. 학교 안내판에 해외 탐방이나 국제 교류 등의 공지가 붙어 있으면 유심히 살폈다. 대부분 시간과 비용을 따로 내어 참여하는 프로그램이었다. 아쉬운 마음으로 글로벌한 경험은 어른이 된 뒤로 미루었다.

이후 성인이 되어 여행, 워크캠프 등으로 '글로벌'에 대한 궁금증을 해소했다. 그러나 한편으로 여전히 학교 안 글로벌 교육 활동에 대한 갈증이 있었다. 교사가 되어서는 학생들이 교실에서 세상을 경험할 수 있도록 돕고 싶었다.

'백문이 불여일견. 그렇지만 당장 세상 밖으로 갈 수 없으니…. 아이들과 나눌 수 있는 백문에는 어떤 것들이 있을까?'

이런저런 고민을 하며 교실에서 세상과 만나는 활동을 꾸려가는 것이 즐거웠다.

나의 학창 시절에는 『먼 나라 이웃 나라』와 같은 책으로서 세상을 만났다. 지금은 세계의 문화를 만날 수 있는 경로가 무궁무진하다. 교실에서 태블릿을 활용해 각자 관심 있는 여행지를 찾고, 그 이야기를 나누는 것만으로도 시끌시끌 대화가 풍성하다.

'Map Crunch'라는 사이트는 'Go' 버튼을 누르면 세계의 랜덤한 어느 곳의 사진을 보여 준다. 마치 세계 어딘가에 뚝 하고 떨어진 기분이다. 사진에 나타난 곳이 어느 도시, 어느 나라인지를 찾고, 그 나라에는 어떤 것들이 있는지 검색해 보며 세상의 이모저모를 즐겁게 경험한다.

교실로 세계가 찾아오는 활동도 있다. 유네스코에서는 '외국인 선생님과 함께하는 문화 교실' 프로그램을 진행한다. 아이들과 함께 알아보고 싶은 나라를 정하고, 그 나라의 문화 교실을 신청하면 해당 국가 선생님이 통역사와 방문한다.

아이들과 토고 선생님을 모셔 토고에 대해 배우고 퀴즈 타임을 갖기도 했고, 인도 선생님을 모셔 요가를 배우기도 했다. 몇 개 나라에 대한 호기심이 금세 세계 여러 나라로 확장되었다.

교실에서 다양한 문화를 만나며 아이들은 새로운 세상에 벌써 마음이 열리고 있다. 여기서 한 걸음 더 나아간다.

'아이들이 지구촌 구성원으로 성장하기 위해 혼자 하기는 어렵고, 함께 할 수 있는 것에는 어떤 것이 있을까?'

문화적인 관심에 그치지 않고 지구촌 구성원으로서 공동체 의식을 갖는 것과 지구촌 문제에 행동하는 것. 이러한 단계를 밟아 가는 것이 의미 있는 '글로벌' 학습이 될 것이다.

"같이 문제를 해결해 보자!"

세계의 흥미로운 문화들 이면에는 늘 어두운 것이 자리한다. 전쟁, 인권 문제, 환경 문제 등 세계의 이슈를 아이들과 함께 살피고자 했다. 그중 환경 문제를 떠올렸다. 사라지는 빙하와 북극곰 서식지 이야기는 아이들에게 익숙하다. 그것이 먼 곳의 이야기가 아니라, 우리의 이야기임을 마음으로

세상은 궁금하지만 이불 밖은 귀찮은 너에게

느끼고 몸으로 행동하는 것이 필요하다고 생각했다.

교실 반경 작은 것으로 출발했다. 플라스틱 병뚜껑 모으기, 급식 다 먹기, 버려지는 양말목으로 공예품 만들기 등의 교육 활동이 이루어졌다. 이런 것이 어떻게 기후 문제 해결과 연결되는지 지속해서 이야기 나누었다.

친구들과 학교 반경에서도 실천했다. 우리 마을 쓰레기를 줍는 플로깅, 일회용품 대신 다회용기 그릇으로 포장하기 등 다른 반과도 함께하며 학교 내에서 먼저 쫀쫀한 공동체 의식을 다져 갔다. 아이들은 이렇게 소감을 나누었다.

"내가 가지고 간 그릇에 떡볶이를 포장하는 것이 낯설었는데, 하고 나니 뿌듯하다. 일회용품을 쓰지 않는 작은 행동이 나비 효과처럼 지구에 닿았으면 좋겠다."

"버려지는 양말목으로 예쁜 컵 받침을 만들었다. 교문에서 사람들에게 나누어 줄 때 좋아해 주셔서 뿌듯했다. 버려진 것을 다시 업그레이드시키는 것처럼, 지구의 기후 문제도 조금씩 회복되길 바란다."

지구촌 문제는 멀리서 관망하는 것이 아니라, 지금 나의 자리에서 행동할 수 있다는 것을 배우는 시간이었다.

학창 시절, 글로벌한 무엇인가는 비행기를 타고 떠나는 것으로 생각했다. 그러나 '글로벌하다는 것'은 이런 것이 아닐까? 다양한 문화를 탐구하는 것 이상으로, 그것의 바탕이 되는 지구에 책임지는 방법을 터득하는 것이다.

교사가 되어 이러한 의미를 담은 글로벌 활동을 꾸려가고, 작게나마 길을 만들 수 있다는 것에 보람을 느낀다. 나처럼 글로벌에 목마른 아이들이, 그리고 목마르지 않은 아이들도 세계에 대한 애정과 관심으로 찬찬히 지구촌 구성원으로 성장할 수 있기를 바란다.

Q. 세계 사람들과 함께 관심을 가져야 할 이슈에는 어떤 것들이 있나요? 그중 내가 생각했을 때 가장 중요한 것은 무엇인가요?

세상은 궁금하지만 이불 밖은 귀찮은 너에게

그날의 일기

대학생 때 일기. Vivid Dream = Realization

아이들과 세상 사이 창문이 되고 싶다. 아이들이 넓은 세상으로 나올 수 있도록 가능성을 열어 주는 역할을 하고 싶다. 모두가 세계 여행을 갈 수 없으니, 세계가 찾아오는 교육 프로그램을 생각해 본다. 아이들이 다양한 문화를 접하며 소통하는 능력을 기를 수 있도록 돕고 싶다. 지금은 추상적인 몇 문장에 불과하다. 그렇지만 이것이 내가 하고 싶은 일, 앞으로 할 일이 분명하다.

버려지는 양말목의 재탄생

세상은 궁금하지만 이불 밖은 귀찮은 너에게

4장

세상 속 나만의
세계를 꾸리다

나의 일상사가 세계인의 일상사

가장 개인적인 것이 가장 창의적인 것이다.

가장 한국적인 것이 가장 세계적인 것이다.

늘 창의적인 무엇, 또는 세계에서 통하는 한국적인 무엇은 따로 있을 것이라고 짐작했다. 전 세계 여러 나라에서 모인 친구들과 어울릴 때, 나는 주로 '외국인이 좋아하는 한국 음식', '외국에서 인기 있는 K-POP' 등을 검색해서 나누었다.

반대로 다른 나라 친구들이 소개해 준 것은 꼭 그 나라의 대표적인 것, 유명한 것이 아니었다. 주섬주섬 할머니가 직접 만든 소시지를 꺼내 썰어주던 스페인 친구, 가족의 레시피로 파이를 구운 우크라이나 친구, 친구들이랑 어릴 적에 놀던 숨바꼭질을 소개해 준 핀란드 친구가 있었다.

'친구들의 고유한 것'이 기억에 남고 그것이 곧 '그 나라'에 대한 깊은 인상으로 이어진다.

생각해 보면 외국인이 좋아하는 한국 음식 말고도, 내가 정말 좋아하는 한국 음식들이 있다. 또 외국인에게 인기 있는 K-POP 노래가 아니더라도, 감미롭게 나의 마음을 일렁여 주던 한국 노래들도 많다.

나의 고유한 감상과 시선이 가장 창의적이고 한국적이며 세계적인 것이다.

마찬가지로, 비행기를 타고 떠나야 세상과 만난다고 믿던 때가 있었다. 여행자를 자처하며 방방곡곡을 다녔다. 그렇게 무엇인가를 기대하며 떠난 여행지에서 내 눈에 들어온 것은 신기하게도 익숙한 것이었다.

아침 시간 부지런히 출근하는 사람들
카페에서 손님을 밝게 맞이하던 점원
식당에서 맛있게 식사하는 가족

사진을 찍는 노부부

자전거를 타는 커플

아빠와 손을 잡고 아장아장 걷는 아기

평화로운 일상의 모습은 세계 어디서나 그 안정감으로 묵직하게 시선을 끌어당기고 있었다. 나는 무엇인가 다른 것을 찾아 떠나왔지만, 일상을 잘 꾸려가는 사람들이 진정으로 멋지다고 생각했다.

돌이켜 보니 나의 일상사가 곧 세계인의 일상사였다.

내가 세계에서 찾은 것은 이미 나의 일상 안에 있었다. 아침에 향하는 나의 자리가 있는 것, 함께 시간을 보내는 가족과 친구들, 한 번 가기에 아쉬운 곳을 여러 번 갈 수 있는 것, 스치는 인연이 아닌 꾸준한 관계를 가꿀 수 있는 것, 언어의 자유는 말할 것도 없다. 넓은 세계 속, 나의 일상이 갖는 힘이 크다는 것을 깨달았다.

저곳에 다녀와 보니 이곳이 보인다. 이제는 여행자보다,

이곳에서의 웰빙을 지향한다. 나의 자리에서 잘 살아 보고 싶다.

2박 3일 혹은 3박 4일. 여행에서의 '하루'는 귀하다. 하나라도 더 가고, 보고, 먹고, 도전해 보려 한다. 일상의 '하루'도 똑같이 귀한 시간임을 깨닫는 순간, 나의 삶을 더욱 풍요롭게 할 수 있다. 세심하게 주변을 살피는 감각을 깨우고, 부지런히 하루를 보낸다면 말이다.

내가 생각하는 것, 말하는 것, 하는 것으로 이곳에서 나만의 세상이 만들어진다. 이는 멀리 떠나는 여행 못지않게 가슴 설레는 일이다.

Q 내가 일상에서 좋아하고 즐기는 것 중
   외국 친구에게 소개하고 싶은 것은 무엇인가요?

어떤 꽃이 피니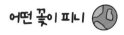

"너희 동네에는 어떤 꽃이 피어?"

외국 여행 중 질문 하나가 나를 당황하게 했다. 김치와 비빔밥, 남한과 북한 등에 관련된 질문은 빈출 문제라 어렵지 않다. 그런데, 꽃에 관한 질문이라니. 미처 동네에 피는 꽃이 생각나지 않았다.

돌이켜 보면 세계 이모저모에 관심이 많았지만 정작 나의 주변에 관심을 기울이지 못했다. 특히 자연에 관해서는 한국에서 푸른 하늘을 봐도 "와, 유럽 같다."라며 감탄하곤 했으니 말이다.

코로나로 사람들과 격리하는 것이 익숙해졌을 즈음이다. 엄마와 겨울 여행으로 강원도 전나무 숲에 갔다. 마스크를

벗고 맑은 공기를 마시며 자연에 있는 시간이 마냥 좋았다. 산과 친하지 않았던 나였지만, 취미 삼아 등산하고 싶다는 생각이 스쳤다. 운동 시설의 중단과 재개를 반복하는 상황에서 등산은 이에 구애받지 않고 할 수 있는 것이었다. 당장 갈 수 있는 산만 해도 청계산, 관악산, 모락산 등 선택지가 풍성했다. 산에 가면서 좋았던 코스는 또 가고, 다른 친구들도 데려가며 본격적으로 산행을 다녔다.

산의 매력은 실로 다채로웠다.

한국처럼 늘 자연이 가깝고, 언제든 만끽할 수 있는 곳도 드물 것이다. 쉬엄쉬엄 걷고 싶은 날에는 숲길이 우거진 청계산이나 수리산을, 땀을 쫙 빼는 도전적인 산행을 하고 싶을 땐 북한산 의상 능선 코스로 향한다. 산의 능선과 도심 풍경이 함께 어우러진 인왕산의 풍경은 정말 매력적이다.

한라산 백록담은 단연 기억에 남는 일 순위다. 겨울에 간 한라산은 정상까지 오르는데 꼬박 한나절이 걸리고, 하산하니 저녁이 되어 있던 끝없는 눈길의 여정이었다. 새하얀 눈의 풍경이 꼭 무한한 우주 같았다. 그 풍경과 빛에 압도되어 눈물이 글썽여지는 순간이 잦았다. 어느덧 구름보다 높은 고도에서 백록담이 얼마 남지 않았음을 느낄 때는 마음이 벅차올랐다. 거대한 한라산은 그 장관을 나에게 조금씩 내주며 매 순간 감동을 주었다. 한라산에서 나는 서툴게 산을 오르는 작은 존재였지만, 한라산을 다녀오니 무엇이든 할 수 있다는 자신감도 생겼다.

'우리나라에 이런 곳이 있었다니!'
인천 앞바다의 굴업도 또한 손꼽히는 최고의 자연 풍경이다. 사면이 바다로 쌓인 그곳에서, 바다와 하늘 색감이 시시각각 변하던 풍경을 잊을 수 없다. 별이 밤하늘을 수놓고, 아침에 해가 뜨는 것을 보며 내려 마시던 커피의 맛도 아직 꿈같다. 눈앞에서 노루 가족이 뛰어노는 섬 풍경은 어디서도 쉽게 볼 수 없을 것이다.

늘 익숙했던 곳에서 배를 타고 나아가니 감탄을 자아내는 장관이 기다리고 있었다. 그러고 보면 한국에 내가 가 보지 못한 멋진 곳이 얼마나 많을까?

이제는 "너희 동네에는 어떤 꽃이 피어?"라는 질문에 내가 만난 한국의 멋진 자연을 이야기할 준비가 되었다. 외국의 이런저런 자연 광경을 말하기 전에, 더 많은 이와 함께 한국의 자연을 누리고 싶다.

산으로 오르는 것이 용기가 나지 않는다면 둘레길, 황톳길, 서울숲 같은 곳에서 가볍게 시작할 수 있다. 요새는 맨발 걷기를 할 수 있는 산도 많다. 촉촉한 흙길 위 한걸음에 집중하다 보면 온전히 그 시간이 나의 것이다.

어떤 간식을 먹으면 좋을지 고민하는 것부터 시작해도 좋다. 아침 일찍 일어나 산에서 마실 커피를 챙겨 어딘가로 향하는 것으로 벌써 기분이 좋다.

조금씩 땀이 나는 것, 오르다 보면 어느새 훌쩍 전망이 트이는 것, 신기한 꽃을 구경하는 것 등 자연으로의 발걸음은 지금 당장 떠날 수 있는 또 다른 세계로의 여행이다.

세상은 궁금하지만 이불 밖은 귀찮은 너에게

Q. 세계에 자랑하고 싶은 한국의 자연은 무엇인가요?

우리 집 근처에서 즐길 수 있는 자연에는 어떤 것이 있나요?

그날의 일기

당 충전은 나의 동력

혼자 산에 오르는 맛을 알게 되었다. 내 페이스로 서두를 것 없어 여유롭다. 후루룩 산 타고 집에 와서 개운하게 씻고 낮잠 자면 그렇게 좋을 수 없다. 산 중턱 어디쯤에서 초콜릿과 같이 평소에 망설여지는 간식들을 꼭 먹어 주어야 한다는 것은 역시 좋다.

세상은 궁금하지만 이불 밖은 귀찮은 너에게

백록담 가는 길

친구가 담아 준 굴업도 풍경 속 나

내 사랑 의상능선

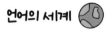

"농담인데 왜 그래?"

어릴 적 친구와 장난을 치다 나의 농담에 친구가 토라졌다. 심한 농담이라고 생각하지 않았기에 친구를 달래기보다 이해하기 어려운 마음을 표현했다. 그 이후 친구와의 관계가 왠지 서먹해졌다.

처음에는 친구에게 서운한 마음이 들었다. 그러다 곰곰이 그 상황과 내가 한 말을 복기해 보았다. 가까운 사이일수록 더욱 조심스럽게 표현해야 하는데 '이 정도는 괜찮겠지!'라고 생각한 것이 잘못이었다.

이후 내가 어떤 말을 하는 사람인지 돌아보게 되었다. 그동안에는 한국어 사용에 어려움이 없었기에 '잘' 말하는 것을 크게 생각하고 있지 않았다. 그러나 늘 실수할 수 있는 것이 말이고, 고민하여 사려 깊고 배려하는 말을 해야 한다는 것을 깨달았다. 언어를 배우고 익히는 것에는 적절한 경지라는 것이 없고, 끊임없이 연마해 가는 과정임을 알게 되었다.

내가 만들어 가는 나만의 세계. 눈에 보이지 않지만, 내가 지닌 어느 무엇보다 강력한 세계. 나의 언어의 세계는 나와 내 주변을 조용히 움직이고 있었다.

"감사합니다."
"대단한 일이 아닌걸요."
"덕분입니다."

간단하지만 제때 꼭 필요한 말, 사람의 마음에 다가가는 말이다. 내 언어의 세계를 지키고 있는 말들이 이런 것이면 좋겠다.

"그건 아니지."
"너 때문이잖아."

군이 하지 않아도 되는 말은 언어의 세계에서 덜어 내고 싶다. 침묵을 지키는 사람은 말을 많이 하지 않더라도, 말 한 마디에 여유와 깊이가 있다.

멋진 한국어 세계를 꾸려 가면서, 동시에 외국어로도 하나의 세계를 만든다고 여기면 어떨까?

"유나, 너 한국어 쓰면 다른 사람 같아!"

외국인 친구들과 있을 때 한국어를 사용하면 나를 신기하게 바라보았다. 다른 언어를 구사하는 새로움도 있지만, 느낌이 전혀 다르다는 것이다. 그리고 보면 내가 좋아하는 여자 아이돌도 한국어, 영어 두 언어를 구사하는 느낌이 다르다. 한국어를 사용할 때는 친구들과 이야기하듯 장난스럽고, 영어를 사용할 때는 단전에서 나오는 힘으로 우아하다. 이런 반전 매력에 나는 그 아이돌의 팬이 되었는지도 모른다.

나는 유튜브 보그 채널의 '73 Questions' 시리즈를 즐겨 본다. 할리우드 배우들의 집에 찾아가 73개의 질문을 하면 배우가 답하는 영상이다. 다양한 문화권의 할리우드 배우들이 사용하는 영어는 억양과 표현이 개성 있다. CNN 뉴스의 아나운서 같은 표준 억양이 아니더라도, 자신의 모국어 억양을 바탕으로 자신 있게 영어를 구사하는 모습이 멋있다.

내가 관심 있는 사람의 화법을 따라 하며 배울 수 있고, 좋아하는 콘텐츠를 나의 언어 세계에 녹여 볼 수 있다. 내가 어떤 것을 유심히 보는지에 따라 나의 언어 세계관이 만들어진다고 생각하면 참 재미있는 일이다.

나의 한국어 세계와 외국어 세계. 언어는 배우면 언제 어디서나 사용할 수 있고, 준비물이 필요 없다. 마치 도라에몽의 주머니와 같다. 무궁무진한 내 언어의 세계를 우아하고 힘 있는 말, 재치 있는 말, 따뜻한 말로 채우고 가꾸어 보자.

Q. 내가 관심 있는 외국어는 무엇인가요?
어떤 방법으로 그 외국어를 공부하면 재미있을까요?

나의 영어 로망

영어를 공부하며 'K-교육 홍보대사'을 꿈꾼다. 한국 초등교육은 여러모로 우수한 점이 많기에 이를 알릴 기회가 어떤 방식으로든 있을 것이다. 그때 내가 할 수 있는 역할을 하고 싶다. 언어 공부를 열심히 해 두면 어떤 연결점으로 나를 이끌어 줄지 모르니 투자 가치 200%이다. 세련되고 유창하게 영어를 구사하고 싶다.

영어의 세계, 원서랑 친해지기

운동의 목적 🎾

건물 빌딩 사이를 달리는 여자
강에서 일몰을 배경으로 패들보드를 타는 여자

외국을 여행하다 보면, 운동을 생활에서 즐기는 모습이 부러웠다. 내가 동경하는 모습이었다. 그렇게 살고 싶지만, 한편으로 나와 거리가 멀다고 느꼈다.

유년 시절, 나는 먹는 것을 좋아하고 살이 찌는 것에 신경쓰지 않았다. 몸무게 숫자가 쑥쑥 늘었다. 그러다 사춘기에 접어들고, 먹는 양을 극심하게 줄이는 다이어트에 돌입했다. 운동도 그 자체로 즐기기보다 체중 감량의 수단이었다.

이는 성인이 되어서도 마찬가지였다.
'어떤 운동이 살이 잘 빠질까?'

'이 운동은 살을 더 빼야 할 수 있지 않을까?'

체중계에 오르락내리락하며 운동이 주는 체중 감량 효과에 집착했다.

'이 힘들고 재미없는 운동을 사람들은 왜 하는 걸까?'

운동하는 삶을 동경했지만, 운동해도 채워지지 않는 무엇인가가 늘 있었다.

그러던 어느 날, 누군가 발리에서 한 달 동안 요가를 배우는 영상을 보았다. 자신의 몸에 집중하고, 신선한 음식을 먹는 모습이 좋아 보였다. 이국적인 발리를 배경으로 햇살 아래 운동하는 풍경. 얼마나 멋진가!

지금, 이곳에서는 어때?

문득 이런 생각이 들었다. 마치 발리에 여행 간다는 기분으로 직장 근처 필라테스에 등록했다. 요가는 아니지만, 왠지 필라테스는 요가의 친구처럼 느껴졌다. 한 달 발리에 갈 수 있는 비용이라면 일상에서 필라테스를 배우는 것으로 멋진 기분을 낼 수 있을 것이라 기대했다.

그리고 웬걸, 필라테스의 매력에 푹 빠졌다.

"오늘 컨디션 어때요?"

퇴근 후 필라테스에 가면 선생님께서 늘 물어본다. 평소에는 몸 상태가 좋으면 좋은 대로, 피곤하면 피곤한 대로 넘겼다. 나에게 별로 중요하지 않은 문제였다. 그러나 필라테스 하며 내 몸을 먼저 돌보고, 차분히 집중하는 시간이 점차 좋아졌다.

'Angel in the snow'처럼 귀여운 이름에 난이도는 사악한 동작은, 처음에 한 개 하는 것도 힘이 들어 쉽게 포기했다. 그러다 정말 힘든 순간에 딱 한 개만 더하자고 이를 물고 버티니 조금씩 동작이 가능해졌다. 체중계 숫자의 변화보다, 나의 몸이 할 수 있는 것의 변화에 관심이 가기 시작했다. 마음은 뿌듯하고 몸 또한 단단해지며 일상의 걸음에도 자신감이 붙었다.

세상은 궁금하지만 이불 밖은 귀찮은 너에게

바깥에 눈이 오는 풍경을 보며 필라테스를 하는 것

여름엔 초록 풍경을 배경으로 크게 호흡하는 것

늘 새로운 동작을 배우는 것

외국에서 막연히 동경하던, 일상에서 운동을 즐기는 것이 이곳에서도 가능해졌다. 몸의 외적인 것보다 잘 움직이기, 잘 쉬기, 잘 호흡하기 등 기능적인 것을 우선으로 두고부터이다.

발리에 가지 않아도, 어느 멋진 여행지에 가지 않아도 지금, 이곳이면 충분하다. 운동할 수 있는 공간, 씩씩하게 운동하는 나의 몸, 그것을 즐기고 감사히 여기는 마음이면 세계는 완성된다.

필라테스는 여전히 재미있고, 아직 배울 동작이 많다.

Q. 내가 좋아하는 운동은 무엇인가요?

어떻게 친구를 그 운동의 세계로 끌어들일 수 있을까요?

필라테스를 만난 서른 살

오늘의 작은 성공. 맨 처음 시작할 때 다섯 개도 힘들었던 옆구리 운동인데, 20회씩 두 세트를 했다.

정면 돌파!

고통스러워 포기하고 싶은 그 순간을 정면으로 돌파하면 한층 단단해진다. 그때 근육이 자란다. 못하겠다는 마음이 들 때 딱 한 개만 더하자.

이왕이면 바다 헤엄

수영을 배우기 전에는 물이 무섭다. 호흡은 언제 해야 하는지, 팔과 다리는 어떻게 해야 하는지. 머리로 안다고 해도 직접 하는 것은 또 다르다. 그러다 점차 수영을 익히면 그만큼 물에서 자유롭다. 찬찬히 물을 가르며 앞으로 나아갈 때 꼭 날아다니는 기분이다.

삶에서도 마찬가지다. 시간과 노력을 들여서 배우고 익히면, 더욱 넓고 깊어진 나만의 공부 세상에서 헤엄칠 수 있다.

그렇다면 어떤 공부를 해야 할까? 책 『고수의 학습법』에서는 호흡이 깊어지는 공부를 권한다. 이는 생각하는 힘을 키워 주고 세상을 꿰뚫어 보는 안목을 주는 문학, 철학, 물리학, 미술 등 순수 학문에 관한 공부라고 한다.

교실에서 때때로 순수 학문에 진심으로 호기심을 지닌 아이들을 만난다. 한 친구는 우주에 관심과 애정이 무한했다. 칠판에 우주의 이모저모를 그리며 알고 있는 내용을 유창하게 설명해 줄 때면 감탄이 절로 나왔다. 역사에 해박한 친구도 있었다. 주말에는 박물관도 가고, 체험도 하며 진정한 역사 공부를 즐기고 있었다. 우주나 역사 이야기가 나오면, 드넓은 자신만의 세상을 유영하며 누리는 모습이었다.

순수 학문이 아니더라도, 무엇이든 관심 있는 것으로 시작하는 것이 좋다. 나는 공부하고 싶은 분야가 생기면 참여자는 나뿐인 캠프를 운영한다. 예를 들어 '잘 말하는 것'에 관심이 생긴 시기에는 '말하기 공부 주간'을 두어 달력에 표시해 두고, 말하기에 관한 책들을 쭉 읽었다. '읽고 쓰는 것'에 푹 빠진 여름에는 '읽고, 쓰고, 움직이기' 캠프를 열어 매일 책을 읽고, 운동하고, 글을 쓰고자 했다.

물론 때로 무엇인가를 하려는 마음보다, 침대에 누워 있는 나의 몸이 훨씬 더 무겁고 강하다. 집에서 식사하고 잠시 소파에 기대었을 뿐인데, 어느새 소파와 한 몸이 되어 있다.

'내일부터 하고, 오늘은 책 검색을 하자.'

이후 스마트폰 블랙홀에 빠져든다. 마음을 굳게 먹어도 몸이 익숙해져 버린 패턴이다.

맺고 끊음이 필요하다.

『바인더의 힘』 책에서는 '블루존 타임'으로 카페든, 도서관이든 집중력과 효율을 높일 수 있는 시간과 장소를 마련하라고 한다. 나는 평일 새벽의 부엌 탁자 또는 토요일 아침 집 근처 카페를 블루존 타임으로 정했다. 이 시간을 활용해 수업을 구상하기도 하고, 읽은 책의 감상평을 블로그에 쓰기도 한다. 친구와 약속하듯, 블루존 타임을 비워 두고 '나'와 시간을 보내려고 한다.

좋아하는 공간에서 방해받지 않고 온전히 하고 싶은 공부에 집중하는 것이 그렇게 기분 좋을 수 없다. 매슬로 욕구 이론 최상위 단계답게, 내가 목표한 것을 공부하고 채우는 성취감은 다른 어떤 것보다 만족도가 높다.

관심 분야 책을 빌려 보는 것부터 시작하는 것이 어떨까?

마치 보물찾기처럼, 책 안에서 또 다른 배움으로 연결되는 쪽지를 찾을 것이다. 혹은 전시회를 방문해 보는 것, 미술관에 가서 작품을 감상하는 것, 새로운 사람들과 공통의 관심사로 어울리는 것도 또 다른 방법의 공부이다. 배움의 세계는 일상에 활력을 주며 꼬리에 꼬리를 물듯 다른 공부를 지속할 수 있도록 돕는다.

『초등 논어 수업』 책에서 메모해 두고 늘 읽어 보는 문장이 있다.

"학습하는 사람은 남에 의해서 흔들리지 않는 '강한 자아'를 갖게 된다. 배우고 익히는 기쁨을 누리는 사람은 삶의 주인으로 살아간다."

내 배움의 세계를 넓고 깊게 만들다 보면, 어느새 드넓은 바다에서 유유히 헤엄치고 있을 것이다. 한 번뿐인 인생, 이왕이면 수영장보다 바다로 나아가 헤엄치자.

Q. 내가 푹 빠져 있는 나만의 세계는 무엇인가요?

공부가 좋아지기 시작하는 나이 서른하나

공부한 다음에는 이미 만족스러운 시간을 보내서인지 일상의 다른 일도 유연하게 대할 수 있다는 기분 좋은 자신감이 생긴다.

외적인 것은 낡기 마련이지만, 내적인 것은 공부를 통해 더욱 성숙해지고 아름다워진다. 내적인 단단함을 지닌 사람이 주는 멋진 아우라는 세상 어떤 화려한 것도 따라갈 수 없다.

공부 세계로의 여행

어른 친구로 물드는 새벽 🌑

대학교 2학년, 친구들과 부산 여행에서 우연히 태종대의 절에 들렀다. 그때 스님께서 해 주신 말씀이다.

"이십 대에는 사람을 만나는 여행을 하세요. 백 명의 사람을 만나세요."

당장 매일 만나는 사람도 몇 명 되지 않는데, 백 명의 새로운 사람이라니. 그 숫자가 크게만 느껴졌다.

이후 숫자를 채우려고 한 것은 아니지만, 이십 대에 다양한 사람을 만났다. 대학교 안팎, 여행 또는 해외 워크캠프. 교사가 되어서는 자연스럽게 학교에서 여러 선생님을 만났다. 독서 모임, 영어 모임 등 다른 직군의 사람들과도 함께했다.

세상은 궁금하지만 이불 밖은 귀찮은 너에게

그러다 사람들과 대화할 때 관심이 가는 주제를 발견했다. 여행, 책, 운동 등의 관심사로 이야기하는 것이 더욱 즐거웠다. 사람들 사이 내 마음의 문을 열어 주는 열쇠를 발견한 것이다.

다시 스님의 말씀을 돌이켜 본다. 여러 사람을 만나며 결국에는 '나'를 돌아보고 나만의 키워드와 가치를 찾기 바라신 것이 아니었을까?

서른 초반이 된 지금, 내 삶의 주요 열쇠 세 가지는 건강과 배움, 나눔이다. 이것을 내 삶의 핵심 가치로 정하고 일상을 보내려고 한다. 그러다 우연히 인터넷 교사 커뮤니티에 '함께 배우고 성장할 교사'를 모집한다는 홍보 글을 읽었다. 모임을 소개하는 구체적인 내용이 없음에도 짧은 문장이 내 삶의 핵심 가치와 겹치니 지원하지 않을 수 없었다.

이후 함께하게 된 '자기 경영 노트(자경노)'라는 모임은 읽기와 쓰기를 통해 자신을 경영하며 구성원 모두의 성장을 도모하는 모임이다. 격주 새벽 온라인에서 만나 독서 모임을 하고, 한 달을 돌아보는 시간을 갖는다. 모임을 함께하며 건

강, 배움, 나눔의 가치는 혼자가 아닌, 사람들과 꾸려가는 것
이 되었다.

'나도 한번 해 보고 싶다!'

모임 덕분에 생긴 일상의 변화가 있다. 나만의 새벽 시간
을 보내게 되었다. 새벽 시간을 알차게 보내는 유튜버들을
종종 보았지만 나와는 먼 이야기였다. 그러다 새벽 시간에
만나는 모임을 통해 그 고요함을 즐기게 되었다. 모임이 없
는 날에도 부지런히 새벽의 평화로움을 누리는 분들을 보며
나도 해 보고 싶다는 마음이 자연스럽게 들었다. 그분들을
따라 평일 새벽 기상을 시도해 보고, 책도 읽고, 글도 쓰다
보니 어느새 새벽이 나의 삶에 스며들고 있었다.

'세수도 안 하고 화면 앞에 앉으려니 부끄러운데…. 오늘은
일단 혼자 공부하고 다음에 참여할까?'

나의 내향성을 앞세워 지레 겁을 먹고 모임에 소극적으로
참여했을 수도 있다. 그러나 닮고 싶은 사람, 배우고 싶은 사
람을 꾸준히 곁에 둘 때 나 또한 그들을 닮아 갈 것을 믿고 용
기를 냈다. 새벽에 눈 비비며 일어나 함께하는 시간이 나를

세상은 궁금하지만 이불 밖은 귀찮은 너에게

성장시켰다. 함께하는 분들은 늘 나의 말을 경청해 주시고 살을 덧붙여 주셨다. 사람들과 서로 에너지를 쏟을 때 '함께'의 가치는 더욱 빛을 발한다는 것을 몸소 경험할 수 있었다.

세상을 탐험하며 찾은 나의 가치. 그리고 그것으로 연결된 사람들. 이곳의 사람들은 내 일상의 세계를 배움과 성장으로 물들여 준다. 그리고 다시금 나의 세계를 넓혀 준다. 여행과 일상의 탐험을 반복하던 중에 운이 좋게도 이 모임을 만났다. 세상 어딘가로 간다고 해도 이러한 사람들과 그 유대감은 만나기 어려울 것이다. 먼저 좋은 것들을 삶에서 실천하는 모습으로 나를 인도해 주는 분들이 있어 감사하다.

나만의 특별한 글로벌 여행.

그것은 결국 세계 속에서 나의 가치를 찾고, 나의 사람들을 찾는 여행이었다.

이제 나에게 글로벌은 사람이다.

부지런히 다른 나라를 방문해 견문을 넓히듯, 새벽에 다른 사람으로부터 배우고 나의 세계를 확장해 간다.

나에게 새롭게 정의된 글로벌, 그리고 시작된 새벽 여정.

세계 여러 나라만큼이나 궁금하다. 나와 비슷한 가치를 지닌 사람들이 어떤 삶을 살아가는지, 어떤 세계를 만들어 가는지 말이다. 앞으로 한 사람, 한 사람을 더 많이 여행하고 싶다.

Q. 현재 나의 삶에서 중요한 것은 무엇인가요?

나와 비슷한 생각으로 통하는 사람은 누구인가요?

세상은 궁금하지만 이불 밖은 귀찮은 너에게

그날의 일기

늘 설레는 봄처럼

자경노는 나에게 새벽과 사람, 배움을 가져다주었다. 이 길을 묵묵하게 걸어가도록 이정표들을 하나, 둘 꾸준히 제시해 준다. 선생님들과 함께하며 어떤 책을 읽고, 무슨 대화를 나누게 될지 기대된다. 성장을 꿈꾸는 전국구 멋진 분들과 함께하는 것이 늘 봄처럼 설렌다.

세상은 궁금하지만 이불 밖은 귀찮은 너에게

에필로그

『매일매일 채소롭게』라는 책에 좋아하는 구절이 있다.

"우리 같이 저기로 가자고 말하고 싶을 때, 일단 멈추어 생각한다. 나라면 무엇에 이끌릴까. 내가 향하고 싶은 세계에 먼저 들어가 보는 것, 그 일상을 통해 바뀐 내 모습을 솔직하게 보여 주는 것. 이것이 내가 선택한 방식이다."

내가 만나는 아이들은 무엇에 이끌릴까?

나는『세상은 궁금하지만 이불 밖은 귀찮은 너에게』라는 책으로 보여주고 싶었다. 내가 궁금했던 이불 밖 세상과 그곳에서 배우고 성장한 이야기, 그것을 통해 나의 세상을 꾸리며 살아가는 이야기를 말이다.

책을 쓰며 글 '찾기'에도 시간을 들였다. 일기장과 블로그의 글 조각들을 찾아 이 책에 녹여 냈다. 글들을 돌아보며 그때 함께했던 이들에게 고마운 마음도 들고, 보고 싶어지기도 했다.

뒤를 돌아보니, 글로 기록해 둔 나의 경험과 생각, 감정 하나하나가 반짝이는 별이었다. 그 별들이 마치 『세상은 궁금하지만 이불 밖은 귀찮은 너에게』 모양의 별자리로 만들어진 것 같다.

여기까지가 나의 이야기다.

이제 여러분의 이야기를 듣고 싶다. 여러분이 세상에서 경험하는 일, 만나는 사람들의 이야기는 무엇일까? 그 경험들이 스쳐 지나가지 않도록 기록의 힘을 믿으며 차곡차곡 글로 남기면 더욱 좋겠다.

언젠가 세상에서 만나 함께 이야기보따리를 술술 풀어보는 그 순간을 꿈꾼다.

너의 이불 밖 이야기를 들려줘!

감사의 말

"당신의 이야기는 가치가 있고, 누군가는 그 이야기를 기다리고 있답니다."

밀알샘 김진수 선생님이 해 주신 말씀입니다. 덕분에 '내가 들려줄 수 있는 나만의 이야기'라는 씨앗이 마음에 생겼습니다. 심어진 씨앗을 어떻게 해야 할지 몰라 우두커니 있을 때, 물은 얼마나 주고, 바람은 어디로 불게 할지 하나하나 알려주며 이끌어 주신 분이 있습니다. 미미샘 배정화 선생님입니다. 더불어 이 과정에서 햇볕처럼 따뜻한 격려를 아낌없이 보내 주신 자기경영노트 선생님들이 계십니다.

'내가 들려줄 수 있는 나만의 이야기'의 씨앗이 책으로 꽃 피우게 된 것은 모두 이분들 덕분입니다. 진심으로 감사드립니다.

세상은 궁금하지만 이불 밖은 귀찮은 너에게

『세상은 궁금하지만 이불 밖은 귀찮은 너에게』 책을 쓰며, 이전 일기를 찾고자 블로그에 자주 들어갔습니다. 제가 올린 블로그 글에 늘 장문의 댓글을 달아 준 사람이 있습니다. 모든 댓글에 애정과 관심이 듬뿍 묻어납니다. 저의 인생 여정에 늘 1호 팬으로서 함께해 준 엄마입니다. 언제나 제 마음에 무한한 에너지원이 되어 주어 감사합니다.

세계 어디서나 발음하기 쉽도록 '유나'라고 이름 지어 주신 아빠 덕분에, 이렇게 즐거운 글로벌 여정의 이야기를 책에 담을 수 있었습니다. 항상 흐뭇한 미소와 전적인 믿음으로 제가 하는 일을 지지해 주시는 아빠와, 든든한 동생에게도 감사의 마음을 전합니다.

글쓰기에 고민이 있을 때 큰 숲을 보며 내 마음의 울림을 찾을 수 있도록 말씀 주신 아버님, 기도로서 늘 응원과 사랑의 마음을 전해 주신 어머님, 감사합니다. 덕분에 기쁜 마음으로 글쓰기 작업을 마무리할 수 있었습니다.

27년 전, 독일에서 직접 참여한 워크캠프 활동을 한국의 젊은 청년들도 경험할 수 있도록 길을 터주신 염진수 국제워크캠프기구 이사장님께도 감사드립니다. 덕분에 저의 20대에 소중하고 특별한 경험을 할 수 있었습니다. 이사장님께서 가꾸신 길을 따라, 저도 아이들을 위한 글로벌 국제교육의 길을 걸어가고 싶습니다.

올해는 저의 첫 책이 세상에 나옴과 동시에, 인생의 새로운 챕터를 시작한 해입니다. 삶의 동반자로서 함께하게 된 짝꿍 성현에게, 나의 지난 여정이 당신에게 닿아 참 신기하고 행복하다고 말하고 싶습니다. 앞으로의 여정을 손잡고 함께할 이가 당신이어서 감사합니다.

이 책 속 경험에서 만난 모든 사람과, 책을 쓰는 이유가 된 제 학생들에게 감사의 마음으로 이 글을 선물합니다.

그리고 마지막으로, 용기 내어 꺼낸 저의 '내가 들려줄 수 있는 나만의 이야기'를 끝까지 읽어 주신 여러분께 진심으로 감사의 마음을 전합니다.

2024년 봄에
조유나 드림